Nadine Lang

Winterzauber Liebe

Winterzauber

Liebe

Nadine Lang

Bibliografische Information der Deutschen Nationalbibliothek: Die Deutsche Nationalbibliothek verzeichnet diese Publikation in der Deutschen Nationalbibliografie; detaillierte bibliografische Daten sind im Internet über dnb.dnb.de abrufbar.

Texte:	© Nadine Lang, c/o Autorenservices.de, Birkenallee 24, 36037 Fulda
Umschlag:	SN Creativ Design, Saarbrücken / Grafik: Alexander Raths / 123RF
Lektorat:	Bianca Peiler

Herstellung und Verlag: BoD – Books on Demand, Norderstedt
ISBN: 9783746011714

Für eine, *die eine*, Freundin,
mit der es immer Gründe zum Anstoßen gibt.

1. Dezember

Du willst es also wirklich durchziehen? Ich fass es einfach nicht!" Daniel starrte Isabell mit einer Mischung aus Wut und Entsetzen an. „Jetzt schau mich doch wenigstens mal an, wenn ich mit dir rede."

Isabell schmiss weiterhin wahllos Kleidungsstücke aus ihrem Kleiderschrank in die beiden Sporttaschen, die sie auf dem Bett abgestellt hatte. Dann hielt sie mitten in der Bewegung inne und sah ihn endlich an. „Jetzt sage ich dir mal was, Mister Ich-bin-ja-so-ahnungslos: Ich habe auf diese Beziehung keine Lust mehr."

Daniel kam mit ausgebreiteten Armen zwei kleine Schritte auf Isabell zu. „Aber Schatz …", setzte er vorsichtig an.

„Schatz ist vorbei!", entgegnete Isabell energisch, doch Daniel ließ sich davon nicht beirren.

„Du kannst doch vier Jahre nicht einfach in die Tonne treten. Das muss dir doch auch wehtun!"

Isabell fiel das T-Shirt aus der Hand, das sie gerade in eine der Taschen packen wollte. „Wehtun? Wehtun! Weißt du, was mir wehtut? Soll ich es dir erzählen?"

Daniel wich erschrocken zurück.

3

„Mir tut weh, dass es dir scheinbar egal ist, was mir wehtut! Nicht nur, dass du seit Jahren mit jeder anderen Frau flirtest, die auch nur halbwegs in dein Beuteschema passt, selbst wenn ich daneben stehe. Oh nein, dann muss ich auch noch ein Bild im Internet sehen, auf dem du eine andere küsst. Und wir sprechen hier nicht von Begrüßungsküsschen."

Daniel holte tief Luft.

Doch Isabell wollte ihn nicht zu Wort kommen lassen. „Oh nein, deine Ausreden interessieren mich einen feuchten Dreck. Und es ist mir auch scheißegal, dass es ´nur´ dieser eine Kuss war", flüsterte Isabell mittlerweile heiser und kämpfte gegen die Tränen an. „Wenn du etwas mit den Füßen treten willst, dann kauf dir eine Fußmatte, aber lass mich endlich in Frieden!"

Daniel schluckte schwer. „Aber lass mich doch erk…"

„Da gibt es nichts zu erklären!", fiel Isabell ihm ins Wort. „Wir haben so oft darüber geredet, du hast dich schon so viele Male erklärt. Ich will es einfach nicht mehr und ich kann es nicht mehr", fuhr sie leiser fort. „Mich immer wieder selbst zu fragen, ob du mir treu bist. Ob du mich gerade verarschst, wenn du mit deinen Kumpels unterwegs bist. Ob du mehr an andere Frauen als an deine Freundin denkst."

„Aber Schatz, ich war dir immer treu", setzte Daniel erneut an.

„Die Betonung liegt auf *war*, was?" Isabell betrachtete Daniel traurig. Der verzog den Mund, als ob er Schmerzen hätte. Isabell bemerkte seine kleine Narbe rechts über der Augenbraue, die sich in diesem Moment mit der Grimasse in die Länge zog. Seltsam, diese Stelle hatte sie immer besonders an dem kantigen Gesicht gemocht. Und nun war es nur noch ein weiteres Detail neben den grau-blauen Augen, das sie nicht länger interessierte, sie sogar irgendwie abstieß. So als habe sie sich einfach sattgesehen.

„Es ist egal, was ich sage, oder?" Daniel sah sie durchdringend an.

Isabell nickte und ließ den Tränen ihren Lauf. Mit zitternden Fingern stopfte sie so viel in die Taschen, dass sie diese gerade noch schließen konnte.

„Und wo willst du jetzt hin? Es sind null Grad, es könnte jeden Moment zu schneien beginnen", bemerkte Daniel.

„Ja, meinst du denn, ich wollte unter der Brücke schlafen?" Sie konnte kaum glauben, was er da von sich gab. Hatte er mit dem Fremdküssen auch seinen logischen Verstand verloren?

Wortlos nahm sie ihre Taschen, schlüpfte in die Winterjacke, zog sich Mütze und Handschuhe an und griff nach ihrer Handtasche. Dann verließ sie, vollgepackt wie ein Esel und ohne sich noch einmal umzudrehen, das, was bis vor wenigen Minuten ihr gemeinsames

Zuhause gewesen war. Auf der Straße sog sie scharf die Luft ein und zog ihre Mütze über die Ohren, die zwischen ihren halblangen braunen Haaren hervorschauten. Zum Ausziehen hätte sie sich wirklich eine andere Jahreszeit aussuchen sollen. Es war stockfinster, eiskalt und zu allem Elend hatte Daniel nicht ganz falsch gelegen. Sie hatte sich wirklich keine Gedanken gemacht, wo sie eigentlich mitten in der Nacht hin sollte.

2. Dezember

Nach dem dritten Klingeln öffnete Anni endlich die Tür. „Gott, Isabell, was ist passiert?", rief sie beim Anblick ihrer Freundin erschrocken aus.

Isabell ließ die Taschen auf den Boden fallen und fiel Anni um den Hals.

„Ich bin so froh, dass du zu Hause bist", schluchzte sie. „Und es tut mir leid, dass ich so spät hier aufkreuze!"

Anni warf einen Blick auf ihre Armbanduhr. Kurz nach Mitternacht, das hätte an einem Freitagabend auch schlimmer kommen können.

„Herrje, du bist ja ganz kalt und nass. Komm erst mal rein." Anni schulterte Isabells Gepäck und zog sie hinter sich her in ihre Wohnung. In der kleinen gemütlichen Küche, in der die Freundinnen sonst gerne bis tief in die Nacht quatschten und dabei Hugo tranken, drückte sie Isabell einfach auf einen Stuhl.

„Ich hab mich von Daniel getrennt", rutschte es Isabell heraus.

Anni sah sie aufmerksam an.

„Er hat eine andere geküsst!", fuhr Isabell fort.

Anni sog laut die Luft ein. „Dieser elendige kleine Pisser!" Sie bemerkte den erschrockenen Gesichtsausdruck ihrer Freundin. „Na, ist doch wahr! Wie oft hast du ihn schon andere Frauen anbaggern sehen? Das wundert mich echt überhaupt nicht."

Isabell kämpfte bei jedem von Annis Worten mit den Tränen und nickte mehrmals heftig. Sie hatte schon recht, aber warum musste es so verdammt schwer sein?

„Ach herrje, Isabell, es tut mir leid!", bemerkte endlich auch Anni. „Ich wollte das nicht an dir auslassen, aber es macht mich so wütend, dass diese armselige Gestalt meine beste Freundin verarscht!" Anni ballte die Hände zu Fäusten. Behutsam streichelte sie anschließend Isabell über den Rücken.

„Vier Jahre!", schluchzte sie. „Einfach vorbei."

Anni streichelte weiter und nickte zustimmend. „Ich weiß, Liebes, ich weiß. Aber meinst du nicht, es war die richtige Entscheidung?"

„Na klar war sie das!", antwortete Isabell mit einem Schmollmund.

Anni hielt eine Flasche in die Höhe. „Hugo?"

Isabell schüttelte schniefend den Kopf.

„Schokolade?"

„Jaaaaaa", antwortete Isabell mit gequälter Stimme. Anni, die zwischenzeitlich neben ihr Platz genommen hatte, sprang auf und zog eine große Keramikdose aus dem offenen Regal an der Küchenwand.

„Hier, bedien dich!", forderte sie sie auf. Isabell ließ sich das nicht zweimal sagen. Mit einem Ärmel wischte sie die Tränen fort und griff nach einem Schokoriegel.

„Ich weiß ja nicht mal, wo ich jetzt hin kann!", stellte sie fest und sofort kullerten erneut die Tränen ihre Wangen herunter. Anni setzte sich wieder neben sie und zog mit einem Ruck Isabells Stuhl dicht vor sich, sodass sich die beiden in die Augen sehen konnten.

„Das ist ja wohl keine Frage, du kannst hier bleiben, bis du eine neue Bude hast. Und jetzt, meine Liebe, mache ich uns eine Flasche Hugo auf. Du kannst sonst heut Nacht nie einschlafen."

Das Geräusch von klapperndem Geschirr weckte Isabell. Erschöpft sah sie auf ihre Armbanduhr. Elf Uhr schon. Ihr Kopf fühlte sich an, als würde er vor Schmerzen jeden Moment platzen müssen. Stöhnend fuhr sie sich über die geschwollenen Augen. Hugo und langes Weinen waren einfach keine gute Kombination. Wie hatte sie bei diesen Kopfschmerzen nur so tief schlafen können?

In der Küche wirbelte Anni zwischen Kaffee- und Geschirrspülmaschine und den Herdplatten hin und her. In einer Pfanne brutzelte Rührei vor sich hin.

„Guten Morgen, Liebes!", begrüßte sie Isabell, die der hell beleuchteten Küche durch eine vorgehaltene Hand entgegenblinzelte. „Ich habe uns ein leckeres Frühstück gemacht."

Isabell ließ sich auf einen Stuhl plumpsen und sah Anni zu, wie sie das Rührei auf zwei Teller verteilte, auf jeden Tellerrand ein Brötchen legte und anschließend Kaffee in zwei große Becher goss. Es tat gut, zu wissen, dass sie eine Freundin wie Anni hatte.

„Und auf was hast du heute so Lust?", wollte Anni wissen.

Isabell zuckte mit den Schultern. Lust hatte sie eigentlich auf überhaupt nichts. Im Bett verkriechen und die Bettdecke über den Kopf ziehen. Das wäre vielleicht eine gute Idee.

„Ach, Isa! Lass den Kopf nicht hängen. Das Leben geht auch ohne Daniel weiter. Und um dir das zu beweisen, werden wir beiden heute etwas Schönes unternehmen."

3. Dezember

Annis Vorstellung von einer schönen Unternehmung war ein Acht-Kilometer-Lauf mit anschließendem Saunabesuch, bei dem Isabell so viel schwitzte, dass sie vermutlich in den nächsten Tagen nicht mehr in der Lage sein würde, auch nur eine Träne zu vergießen. Aber Annis Devise lautete, den Körper an seine Leistungsgrenze zu bringen, um zu spüren, dass man lebendig war. Nun ja, das spürte Isabell auch am Tag danach noch, denn sie hatte einen derart starken Muskelkater, dass sie Anni mit ihrem bescheuerten Kilometerlauf verfluchte und am liebsten diesen Sonntag in der Badewanne verbracht hätte. Aber okay sie wusste ja, dass ihre Freundin es nur gut gemeint hatte und Sport half bei Liebeskummer tatsächlich — vorausgesetzt, man hatte nicht solch ein Leistungstief wie Isabell, die es hasste, im eisigen Winter laufen zu gehen.

„Was schaust du denn wie ein getretener Hund?", wollte Anni wissen, als sie die Küche betrat.

Isabell schmunzelte. „Du wirst es nicht glauben, genau so fühle ich mich heute."

Anni kicherte. „Da ist wohl jemand außer Form?" Zur Antwort streckte Isabell ihr die Zunge heraus.

„Sag mal, Anni. Können wir mal deinen Laptop hier in die Küche holen, damit ich nach Wohnungen schauen kann?"

Anni zog die Augenbrauen hoch. „Willst du echt jetzt schon nach Wohnungen gucken?"

„Naja, ich kann ja nicht ewig hier wohnen bleiben."

„Genau, Isa, weil du schon seit Wochen hier abhängst …", meinte Anni sarkastisch und zog eine Grimasse.

Isabell musste grinsen. Dann wurde sie wieder ernst. „Nee, Anni, echt jetzt. Ich muss auf die Suche gehen. Überleg mal, in drei Wochen ist Weihnachten. Bis dahin hätte ich gerne was Eigenes, und das nach Möglichkeit nicht erst am Tag vor Heiligabend."

„Das versteh ich ja", gab Anni zu. „Aber du sollst wissen, dass du so lange hier bleiben kannst, wie du magst."

„Das weiß ich und das ist echt lieb von dir", sagte Isabell und drückte ihre Freundin fest an sich. „Aber du hast gestern etwas Wahres gesagt, als du meintest, dass mein Leben auch ohne Daniel weitergeht. Und dafür muss ich es auch selbst auf die Reihe bekommen. Und der erste Schritt ist eine eigene Wohnung, denn zu Daniel zurückzugehen ist echt keine Option", erklärte Isabell weiter und die letzten Worte klangen beinahe wie ein Motivationsschreiben an sich selbst.

12

„Mann, Isa. Ich bin echt froh, dass du das so siehst. Ich hab mir die letzten Monate schon Sorgen um dich gemacht und mich gefragt, wo eigentlich die alte Isa geblieben ist. Die, die in der großen Pause die Jungs verprügelt hat und immer stark für uns beide war …", gab Anni leise zu.

„Das war in der Grundschule", bemerkte Isabell und lächelte müde.

„Ich weiß, aber du verstehst, was ich meine, oder?"

Isabell nickte langsam und schaute zu Boden, während sie sprach. „Ja, ich weiß. Und die wird auch wieder zurückkommen. Vielleicht nicht gleich heute oder morgen, aber irgendwann bestimmt." Dann sah sie wieder auf und lächelte Anni mutig an. Diese nahm ihre Hand und drückte sie.

„Und bis dahin verprügele ich die Jungs für dich?"

„Wenn du dich traust?!", entgegnete Isabell grinsend.

„Ich glaub, ich hole stattdessen besser mal den Laptop!" Anni huschte aus der Küche und kam kurz darauf mit dem Gerät unter dem Arm wieder an den Küchentisch. „Nach was suchen wir?"

Isabell musste kurz überlegen. „Ich weiß ja auch nicht so genau. Vielleicht ein kleines Appartement, maximal 60 Quadratmeter groß. Nicht ewig weit zur Arbeit und bezahlbar. Und mit Balkon. Das wäre schön."

Anni schaute ratlos drein. „Sag mal, Isa?", fing sie dann behutsam an. „Ich will dich jetzt nicht aus dem Konzept bringen, aber mit welchen Möbeln ziehst du denn dort ein?"

Isabell, die bereits die Kleinanzeigen durchforstete, hielt inne und schaute Anni wortlos an. Auweia. Daran hatte sie ja noch überhaupt nicht gedacht. Die wenigen Dinge in ihrer gemeinsamen Wohnung mit Daniel, die ihr gehörten, waren das Bett und die kleine Eckcouch. Ach ja, ein Küchensieb, mehrere Tassen, der Wasserkocher, zwei Töpfe, ein Schneidebrett und eine Garnitur Bettwäsche hatte sie ebenfalls mit in die Beziehung gebracht. Na, das konnte ja heiter werden.

4. Dezember

„Frau Zimmer, wenn Sie bitte aus diesen Lieferscheinen noch Rechnungen erstellen könnten? Vielen Dank!"

Isabell rollte gedanklich mit den Augen. Anke Zinßmeister, ihre Arbeitskollegin, wenn man sie denn unbedingt so titulieren musste, war ihr noch nie sympathisch gewesen. Eigentlich schade, fand Isabell, denn in dem Handwerksbetrieb, in dem sie beide arbeiteten, war das Personal recht übersichtlich und die beiden Frauen begegneten sich darum auch täglich. Aber trotzdem, die olle Schimpfmeister, wie Isabell sie selbst gerne nannte, schimpfte nicht nur tatsächlich über Gott und die Welt, sie war auch ansonsten ein unangenehmer Mensch, der gerne einen eigenen Nutzen aus anderer Leute Fehler zog. Ihre kühle und herablassende Art ging Isabell außerdem gehörig auf die Nerven. Anke Zinßmeister hatte den gleichen Verwaltungsjob wie sie, führte sich aber gerne auf, als ob nur sie alleine wüsste, wie der Laden zu laufen hatte. Und das nur, weil sie zwei Jahre vorher eingestellt worden war. Isabell warf einen Blick auf die Zeitanzeige auf dem Bildschirm vor sich.

„Ich schaue, was ich machen kann, aber ich habe heute Morgen extra eine halbe Stunde früher angefangen, damit ich heute Abend auch ein wenig früher gehen kann. Ich habe einen Besichtigungstermin", erklärte Isabell und hätte sich im gleichen Moment die Zunge abbeißen können, weil sie sich den letzten Satz nicht verkniffen hatte.

Anke Zinßmeister war eigentlich bereits im Begriff gewesen, zu ihrem Arbeitsplatz zurückzukehren, drehte sich bei Isabells Worten aber auf dem Absatz um und zog übertrieben erstaunt beide Augenbrauen hoch.

„Soso! Ein Besichtigungstermin …", wiederholte sie. „Was besichtigen wir denn?"

Typisch Zinßmeister, dachte Isabell und ärgerte sich darüber noch mehr als sonst. So oft es nur möglich war, vermied sie diese direkte Ansprache, außer sie wollte etwas von Isa, dann fiel ihr das ‚Sie' scheinbar urplötzlich wieder ein.

„Eine Wohnung", presste Isabell grummelnd hervor und ärgerte sich schon wieder. Warum antwortete sie ihr überhaupt?

„Ach Gottchen", entgegnete Anke Zinßmeister und machte ein betrübtes Gesicht, auf das Isabell hereingefallen wäre, hätte sie nicht mittlerweile gelernt, ihre Kollegin zu lesen. „Haben wir uns etwa getrennt?"

16

Isabell schaute sie grimmig an. Sollte sie ihr doch Löcher in den Bauch fragen, von ihr würde sie nichts mehr erfahren. Aber ihrer Kollegin reichte das als Antwort.

„Oh nein", rief sie aus. „Sie Arme! Sie waren doch schon so lange und so glücklich liiert. Eine Trennung, wie traurig. Und das in Ihrem Alter!"

Nun musste Isabell doch schlucken. Was fiel der alten Schachtel ein? Sie war vor zwei Monaten gerade mal dreißig geworden und doch war es ein Punkt, der Isabell ein wenig traf.

„Nun ja, bis zu Ihrem fortgeschrittenen Alter hab ich ja noch ein paar Jahre Zeit, was?!", entgegnete Isabell spitz.

An Anke Zinßmeisters entsetztem Blick sah sie, dass diese freche Entgegnung ihr endlich die gehässige Sprache verschlagen hatte. Tatsächlich war diese nämlich vor wenigen Wochen fünfzig geworden und hatte so große Probleme damit gehabt, dass sie sogar mehrere Tage krankgeschrieben war.

Zwei Stunden später machte sich Isabell auf den Weg zur ersten Wohnung. Bei der Internetrecherche war sie auf zwei Wohnungen gestoßen, die eventuell für sie in Frage kommen würden. Und da diese von Privat angeboten wurden, bekam sie sogar für beide Wohnungen am Sonntag jemanden ans Telefon und sogar einen

Termin für den nächsten Tag. Vor dem ersten Objekt wartete Anni bereits auf sie und winkte fröhlich, als Isabell immer näherkam.

„Mensch, Isabell. Was guckst du denn so grimmig?", empfing sie ihre Freundin.

Isabell schnaufte laut. „Frag nicht, die Schimpfmeister hat mich heute alle Nerven gekostet."

Anni zog eine Grimasse. „Will ich wissen, warum?"

„Besser nicht!", entgegnete Isabell und machte ein übertrieben entsetztes Gesicht. „Lass uns einfach auf das hier konzentrieren!"

Einen Moment atmete sie durch, dann drückte sie auf den Klingelknopf. Mit einem leisen Surren öffnete sich kurz darauf die Haustür des Mehrparteienhauses. Im zweiten Stock ging eine Tür auf. Isabell gab dem ziemlich untersetzten Vermieter, der bereits im Flur auf sie wartete, die Hand und betrat als Erste die Wohnung. Nach wenigen Schritten drehte sie sich zu Anni um. „Nie im Leben …", flüsterte sie und endlich sah auch Anni, was Isabell meinte. „Oh mein Gott", flüsterte sie angeekelt. „Wie kann man nur …"

Isabell ließ den nervös wirkenden Vermieter einfach links liegen und marschierte zielstrebig durch die kleine Wohnung. In den Ecken war schwarzer Schimmel zu sehen, zumindest an den Stellen, die nicht aussahen, als hätte jemand einen Unfall mit Spraydosen gehabt.

„Das Gute ist, dass Sie im Falle eines Auszuges die Wohnung einfach besenrein hinterlassen können!", erklärte der Vermieter fahrig.

„Soso ...", murmelte Isabell. „Das ist ja der reine Wahnsinn. Aber ich denke, ich habe genug gesehen."

Der Vermieter schaute sie verdutzt an. „Aber Sie haben doch noch nicht mal das Badezimmer ..."

„Danke, nicht nötig. Das sparen wir uns!", sagte Isabell bestimmt und wagte sich gar nicht auszumalen, wie das Badezimmer wohl aussah.

„Komm, Anni, wir müssen uns beeilen, wir haben ja noch einen anderen Termin!" Isabell, ließ den sprachlosen Mann einfach stehen und schritt zur Wohnungstür. Vor dem Haus schauten sich die beiden an und konnten kaum glauben, was ihnen gerade als Wohnung präsentiert worden war.

„Dann hoffen wir mal, dass die nächste Wohnung besser ist!", sagte Isabell perplex und marschierte Richtung Straßenbahn.

Zehn Minuten später standen sie vor dem nächsten Objekt. Und obwohl sie genau genommen etwas zu früh dran waren, probierten sie ihr Glück und drückten auf die Klingel. Wieder ein Surren und die beiden standen drei Stockwerke weiter oben erneut vor einer Wohnungstür, aus der es dieses Mal nach altem Pommesfett roch. Isabell und Anni warfen sich vielsagende Blicke zu.

„Ah, Sie sind ja schon da!", murrte eine ältere Dame mit fleckiger Schürze und fettigen Haaren. „Dann kommen se mal rein!"

Zögerlich folgten sie ihr und fanden sich in einem kleinen Flur mit Teppichen an Wänden und Boden wieder.

„Wissen se, seit mein Mann gestorben ist, will ich hier weg. Hat also nichts mit der Wohnung zu tun", erklärte die Mieterin unaufgefordert.

„Kann ich mir vorstellen, ist dann sicher zu groß für Sie alleine?", entgegnete Anni höflich.

„Nee!", meinte die Mieterin kurz angebunden. „Das ist nich das Problem. Aber ich seh ihn einfach immer wieder da liegen, wenn ich ins Wohnzimmer komm. Da kannste machen, was de willst, das kriegste nich ausm Kopf!"

Anni und Isabell schnappten nach Luft. „Äh, ihr Mann ist hier gestorben?", hakte Isabell nach.

„Sag ich doch, im Wohnzimmer. Dabei hab ich ihm immer gesagt, dass Alkohol und Zigaretten nicht gut fürs Herz sind! Und dann: zack! Greift sich noch an die Pumpe und das war´s."

Isabell machte ein angewidertes Gesicht und kniff Anni in den Arm. Die machte es wie zuvor Isabell, schritt voran durch zwei Räume und sah ihre Freundin kopfschüttelnd an. „Ich fürchte, das passt nicht!"

Isabell stimmte in das Kopfschütteln ein. „Ja, leider, leider! Aber danke für Ihre Zeit!"

Die Mieterin sah von einer zur anderen. „Na, das ging ja schnell!" Dann öffnete sie die Wohnungstür wie eine Einladung zum Gehen, die Isabell und Anni gerne befolgten.

Auf der Straße fuhr sich Isabell mit den Händen durchs Gesicht. „Oh Mann", nuschelte sie durch ihre Finger. „Fangen wir also noch mal von vorne an."

5. Dezember

Lustlos tippte Isabell auf der Tastatur herum. Noch zwei Stunden bis Feierabend. Auf der Arbeit machte ihr die Trennung seltsamerweise am meisten zu schaffen. Hier war sie zwar mit anderen Dingen beschäftigt, hatte bei routinierten Arbeiten aber immer wieder zu viel Zeit, über Daniel nachzudenken. Bei Anni fühlte sie sich abgelenkt und Gelegenheit zum Grübeln hatte diese ihr die letzten Tage wahrlich nicht gelassen.

Die Schimpfmeister hatte sich zum Glück heute Morgen krank gemeldet, so hatte sie wenigstens die nicht an der Backe. Und dann war da auch noch das Wohnungsproblem. Bei ihrem zweiten Suchlauf im Internet hatte sie nichts gefunden, das irgendwie passen könnte. Isabell spielte mit dem Gedanken, ein Maklerbüro aufzusuchen, auch wenn sie das Geld für die Provision eigentlich lieber in neue Möbel gesteckt hätte. Isabells Handy zeigte piepsend den Eingang einer Kurznachricht von Anni. „Du wirst es nicht glauben! Vielleicht habe ich eine Wohnung für dich. Hab auf der Arbeit heute rumgefragt. Hab `nen mega Tipp bekommen. Soll ich mal für dich anrufen?"

„Ja, gerne", tippte Isabell nebenbei in ihr Handy und setzte zwei Herzchen dahinter.

Zwei Minuten später piepste es erneut. „Hat geklappt! Besichtigung heute 19 Uhr? Wir treffen uns erst daheim und gehen dann zusammen hin, okay?"

„Super", tippte Isabell. „Gehen?"

„Ist direkt bei mir um die Ecke!"

„Alleine das ist schon genial!"

„Nicht wahr?!", kam es von Anni zurück, versehen mit Herzchen und einem gefüllten Glas, das verdächtig nach Hugo aussah.

Isabell grinste vor sich hin. Vielleicht würde der Tag doch noch besser werden, als sie gedacht hatte.

Anni kam Isabell bereits im Treppenhaus mit dicker Winterjacke und Pudelmütze strahlend entgegen ge-hüpft. „Die Wohnung ist der Hammer! Ich hab Fotos gesehen!", rief sie ihr aufgeregt entgegen. „Da wohnen wir so nah, da könnten wir fast ein Dosentelefon bas-teln. Falls mal der Strom ausfällt."

„Äh, Anni, meinst du nicht, wir sind alt genug, dass wir uns bei Stromausfall auch gegenseitig besuchen kön-nen? Das letzte Mal Hausarrest, bei dem wir ein Dosen-telefon gebraucht hätten, ist schon ein paar Jahre her."

Anni grinste schief. „Jaaaa, weiß ich doch. Aber wir könnten, wenn wir wollten, darauf kommt es an."

Isabell grinste zurück, bremste sich aber mit der Vorfreude. „Ich glaub´s erst, wenn es soweit ist. Wo hast du die Bude überhaupt her?"

Anni hob triumphierend den Zeigefinger in die Höhe. „Eine Arbeitskollegin, die gerade Urlaub hat, will ziemlich bald mit ihrem Freund zusammenziehen. Noch ist es also ihre Wohnung."

Isabell spürte einen kleinen Stich in der Magengegend. Nicht, dass sie es anderen nicht gönnte, ihr Glück zu finden. Aber die nächsten Tage doch bitte nicht vor ihrer Nase. Oder zumindest wollte sie doch, bitteschön, nicht vom Glück anderer abhängig sein.

Anni hakte sich bei ihr unter und bugsierte sie direkt wieder zur Tür heraus. Zwei Seitenstraßen weiter blieb sie vor einem Mehrparteienhaus stehen und blickte strahlend die Hausfassade des Altbaus hinauf. „Da oben im zweiten Stock ist es!" Dann marschierte sie zur dicken Holztür und drückte auf die Klingel. Das Surren des Türöffners ließ Isabell zusammenzucken. Hoffentlich hatte sie heute mehr Glück als gestern.

An der offenen Wohnungstür im zweiten Stock empfing sie eine Frau Ende Zwanzig. „Hi, Anni", sagte sie winkend und sah dann Isabell an. „Und du musst Isa sein? Schön, dich kennenzulernen. Ich bin Katharina." Sie machte eine Kopfbewegung in Richtung ihrer

25

Wohnung. „Dann kommt doch mal rein in meine bescheidene Hütte."

„Naja, bescheiden ist ja schon etwas untertrieben", bemerkte Isabell und sah sich langsam im Wohnzimmer um. Was sie bisher sah, gefiel ihr schon mal. Das Wohnzimmer war geräumig und hatte sogar einen kleinen Balkon, wenn er auch zur Straße führte, aber immerhin. Von dort aus ging es in eine kleine halboffene Küche, die Gemütlichkeit ausstrahlte. Eine noch kleinere Diele führte ins Schlafzimmer und ins Badezimmer und alle Räume waren sauber und hell gestaltet. Der alte Holzboden stach Isabell sofort ins Auge und sie wusste für einen Moment nicht, ob sie sich freuen oder doch lieber heulen sollte – nach einer Wohnung mit Holzboden hatten sie und Daniel bei ihrer Wohnungssuche vor drei Jahren vergeblich Ausschau gehalten.

Annis aufgeregtes Rumgewackel holte Isabell aus ihren Gedanken zurück. Von einem Bein aufs andere tretend stand sie in der Küche und winkte Isabell herbei.

„Hier drinnen können wir so toll kochen und frühstücken und feiern …", schwärmte Anni. Isabell musste bei dieser Begeisterung schmunzeln.

„Hast du eigentlich vor, mit einzuziehen?"

„Nö, aber ich muss mich ja wohl auch wohlfühlen", entgegnete Anni und streckte ihr frech die Zunge heraus.

Lachend schüttelte Isabell den Kopf. „Na, wenn das schon mal passt, dann bin ich ja beruhigt. Aber sag mal …", fragte sie nun an Katharina gewandt, „wann wird die Wohnung denn eigentlich frei?"

Katharina strahlte über das ganze Gesicht bei dieser Frage. „Wann bräuchtest du sie denn?"

„Sofort?"

Katharinas Lächeln wurde noch breiter. „Also, heute Abend noch wäre wohl etwas schwierig, aber sobald ich jemanden hätte, der mir die Wohnung und damit die Miete abnimmt, würde ich alles räumen. Umso schneller, umso besser. Das meiste ist eh schon in der Wohnung meines Freundes."

Isabell war geplättet. Das war ja fabelhaft - irgendwie.

Anni stupste sie aufgeregt in die Seite. „Dann sag halt, dass du sie nimmst!"

Isabell lächelte zaghaft. Sie freute sich, klar. Aber es bedeutete auch gleichzeitig einen endgültigen Abschied von ihrem Leben, das sie vor fünf Tagen noch geführt hatte. Bis zu diesem Moment hatte sie sich mehr wie auf Besuch bei ihrer besten Freundin gefühlt. „Okay, ich würde sie dann gerne nehmen!"

„Super!", freute sich auch Katharina und wurde ein wenig nervös. „Es gibt da allerdings ein kleines Problem."

Isabell und Anni warfen sich fragende Blicke zu. Ein Problem?

„Du kannst die Wohnung wirklich gerne haben. Allerdings bist du die Zweite in der Rangfolge. Mein Freund hat sie auch schon jemandem gezeigt und da der zuerst zum Besichtigen da war, hat er den Vortritt."

Isabell klappte die Kinnlade herunter und auch Anni schluckte schwer. Hätte Katharina das nicht gleich zu Beginn sagen können?

Anni fand zuerst ihre Sprache wieder. „Äh, und wann entscheidet sich dieser andere?"

„Er hat versprochen, sich bis morgen Abend zu melden", gab Katharina nun kleinlaut zu. „Sobald ich was weiß, gebe ich dir aber sofort Bescheid!", versicherte sie.

Isabell nickte nur. Als ob sich jemand diese schöne Wohnung durch die Lappen gehen lassen würde.

6. Dezember

D amit ihr auch nichts entging, legte Isabell ihr Handy direkt neben die Tastatur, gleich neben den Schokoladennikolaus, den ihre Chefin heute Morgen auf allen Tischen platziert hatte.

Die Schimpfmeister war heute immer noch krank und Isabell auf der sicheren Seite, dass sie niemand wegen des Handys verpfeifen würde. Und ihre andere Kollegin Iris hielt es genauso. Doch bis zum Nachmittag hörte Isabell nichts von Anni und nichts von Katharina. Phasenweise schaffte sie es, sich mit der Arbeit von allen Gedanken abzulenken, aber eben nicht immer. Nervös klopfte sie mit dem Kugelschreiber auf der Schreibtischplatte herum, dann beschloss sie, sich noch einen Kaffee zu holen.

Gerade als sie mit ihrer vollen Tasse an ihren Platz zurückkehrte, leuchtete das Display auf und Isabells Herz schlug schneller. Eine Kurznachricht. Von Daniel. Nicht von Katharina. Isabell drückte mit zitternden Fingern auf ‚Lesen'. Eine Nachricht von Daniel fehlte gerade noch. Seit fünf Tagen hatte sie nichts mehr von ihm gehört, und das war irgendwie auch richtig so. Oder? Isabell konnte sich selbst nicht entscheiden, wie sie zu der Sache stand. Hätte er sich nicht schon viel früher melden müssen? Bedeutete das, dass es ihm nichts ausmachte, dass sie sich von ihm getrennt hatte? Und warum tat auch das so weh, wo sie ihn im Augenblick doch mindestens genauso sehr hasste? Isabell schüttelte ihre Gedanken ab und studierte seine Nachricht.

„Hey, Babe, wie geht's dir?" Babe? War er noch bei Trost?

„Und deiner Freundin?", tippte Isabell schneller, als sie überlegen konnte. Na, war doch wahr!

„Babe, ich weiß, dass ich einen großen Fehler gemacht habe!", antwortete Daniel und schickte Bildchen mit weinenden Gesichtern hinterher.

In Isabell brodelte es.

„Das hättest du dir vorher überlegen müssen", tippte sie.

„Sollten wir nicht mal ein paar Tage verstreichen lassen und dann noch mal reden? Uns eine zweite Chance geben?"

„Damit du mich gleich wieder verarschen kannst?" Angespannt wartete Isabell auf die nächste Antwort.

„Ich liebe Dich, Babe!"

Isabell las den Satz wieder und wieder und merkte: von „drüber hinweg sein" war sie noch weit entfernt.

Sekunden später traf schon wieder eine Nachricht ein, doch dieses Mal von Anni. „Planänderung. Nikolaus heute Abend doch bei uns. Jenny und Tim haben Chaos in der Bude."

Naja, das war jetzt wenigstens mal keine Katastrophe. Eigentlich wollten sie dieses Jahr zum ersten Mal in Jenny und Tims Haus feiern. Seit ihrer Schulzeit trafen sich die vier Freunde jedes Jahr am Nikolaustag. Was zunächst nur ein jugendlicher Scherz gewesen war, manifestierte sich im Laufe der Zeit zu einer liebgewonnenen Tradition und aus Jenny und Tim wurde sogar irgendwann ein Paar.

„Alles klar", tippte sie zurück und machte sich wieder an die Arbeit.

Bis Feierabend hatte Isabell noch immer nichts von Katharina gehört. Kein gutes Zeichen, dachte sie. Und auch Anni hatte keine Neuigkeiten, als sie sich in ihrer Wohnung trafen.

Dort hatte diese bereits alles für den Nikolausabend vorbereitet. Der obligatorische Punsch war angesetzt und die roten Punschbecher mit den weißen Schneeflocken darauf standen im Wohnzimmer bereit. Kurz darauf klingelte es an der Wohnungstür und Anni und Isabell öffneten gemeinsam.

„Da seid ihr ja!", rief Anni fröhlich und umarmte Jenny und Tim gleichzeitig.

„Ja, selbstverständlich, wir wollen doch den Nikolaus nicht verpassen", ulkte Tim und drückte danach Isabell herzlich an sich. „Tut mir leid mit dir und Daniel", flüsterte er ihr ins Ohr und Isabell zuckte bei seinen Worten kurz zusammen. Jenny knuffte sie ebenfalls und versah sie mit einem Blick, der Mitgefühl ausdrückte. Das war das Gute an den Freunden, sie verstanden sich ohne viele Worte. Dann gingen sie lachend und quatschend zusammen ins Wohnzimmer, wo Jenny und Tim ihre dicken Winterjacken auf die Sofalehne schmissen und ihre ganzen mitgebrachten Sachen hervorkramten.

„Herrje, was habt ihr denn alles dabei?", wollte Anni lachend wissen.

„Ho ho ho, nur gute Sachen", scherzte Tim und die Freunde kicherten wie kleine Kinder.

„Sorry noch mal, dass wir jetzt doch bei euch aufschlagen mussten, aber die Handwerker haben uns heute dermaßen das Haus verwüstet, das hätten wir euch echt nicht antun wollen!", erklärte Jenny.

„Das macht doch nichts! Hauptsache, wir feiern überhaupt irgendwo", entgegnete Anni gut gelaunt und Isabell ging in dem Moment durch den Kopf, dass es mehr Möglichkeiten auch nicht gegeben hätte.

Zu viert hatten die Freunde das letzte Mal vor sehr vielen Jahren gefeiert. So vielen, dass sich Isabell gar nicht mehr an das Jahr erinnern konnte. Zuletzt war Daniel immer dabei gewesen, dazwischen auch immer mal wieder Annis aktuelle Liebschaft. Wobei, stimmt nicht ganz, fiel ihr plötzlich ein. Vor zwei Jahren war es Daniel „zu kindisch gewesen", wie er selbst erklärt hatte. Und im letzten Jahr hatte er sich einen Ruck gegeben, nachdem Isabell tagelang an seinen Verstand appelliert hatte. Allerdings, und das war das Schöne an dieser Freundschaft, machte einfach niemand ein Thema daraus.

„So, jetzt stoßen wir aber zuerst mal an, würd´ ich sagen!", meinte Anni in die Runde und hüpfte sogleich Richtung Punsch. Das ließen sich die vier nicht zweimal sagen, mit dem Punsch hatte schon immer der Nikolausabend angefangen. Großzügig goss Anni ein und verteilte die Becher. Dann stießen sie gleichzeitig miteinander an. „Auf den alten Nikolaus!", rief Jenny.

„Ho, ho, ho!", antworteten alle im Chor, bevor sie sich vor Lachen beinahe verschluckten.

„Gut, ich verschwinde dann mal ins Badezimmer. Der Geschenkesack steht in der Küche. Wer noch nicht seine Sachen hineingetan hat, kann das in der Zeit noch schnell machen!", wies Tim die Mädels an.

Seit ein paar Jahren war es Tims Job, den Nikolaus zu spielen. Dafür hatten die Freunde sogar zusammengelegt und ein passendes Kostüm für ihn gekauft. Vorher hatten sie sich Jahr für Jahr abgewechselt. Allerdings hatten sie sich halb totgelacht, wenn eine der Freundinnen mit möglichst tiefer Stimme zu sprechen versuchte, um den Nikolaus zu mimen. Das war zwar sehr lustig, aber nicht wirklich stilecht. Daher hatten sie sich irgendwann geeinigt, dass Tim, der einzige Mann in der Clique, diesen Part übernehmen sollte. Und Tim – da konnte er behaupten, was er wollte – machte diesen Job richtig gut.

Isabell stand zeitgleich mit Tim auf und huschte in die Küche. Ihre drei kleinen Päckchen hatte sie in ihrer Handtasche verstaut. ‚Ein Glück‘, dachte sie, ‚dass ich in diesem Jahr die Geschenke auf den letzten Drücker gekauft habe. So stehe ich jetzt wenigstens nicht mit einem Geschenk zu viel da‘. Dessen alternative Verwendung hätte sie nämlich auf ein Neues überfordert. So hatte sie drei Paar Socken mit weihnachtlichen Motiven für ihre besten Freunde gekauft. Dazu eine kleine Flasche Schoko-Zimt-Likör für jeden.

In dem viel zu großen braunen Kartoffelsack, den sie seit Jahren als Nikolausaccessoire zweckentfremdet hatten, war gar nicht mehr so viel Platz. Das lag allerdings nicht an sonderlich vielen Geschenken, sondern an vier großen Kissen, die Tim hineingetan hatte, damit der Geschenkesack des Nikolauses auch ja prächtig gefüllt daher kam.

Isabell schmunzelte, stopfte ihre drei Päckchen dazu und kehrte zu den anderen ins Wohnzimmer zurück. Gespannt mussten sich die drei gedulden, bis Tim soweit war. Dann war aus der Küche ein lautes und tiefes

„Ho, ho, ho" zu hören und die Freundinnen kicherten vergnügt auf ihrer Couch.

„Er lebt es einfach", stellte Jenny lachend fest.

Aufgeregt behielten die drei Frauen die offene Zimmertür im Auge. Sekunden später betrat ein kugeliger Weihnachtsmann mit unechtem weißen Bart und hohen Stiefeln mit schweren Schritten das Wohnzimmer. Die Freundinnen rückten etwas näher zusammen und kicherten weiter. Das Erscheinen des Nikolauses verfehlte auch heute seine Wirkung nicht. Unter dem Arm hielt Tim ein dickes Notizbuch. Mit einer dramatischen Geste setzte er den Kartoffelsack auf dem Boden ab. „Guten Abend, meine Damen!", raunte er mit tiefer Stimme und die Mädels antworteten brav im Chor: „Guten Abend, lieber Nikolaus!"

„Seid ihr auch alle brav gewesen? Oder muss ich euch mit der Rute den Hintern versohlen?" Tim grinste hinter seinem Bart von einer Backe zur anderen.

„Oh ja, mir!", kicherte Jenny und Isabell und Anni brachen in Gelächter aus.

„Dazu später, du ungehorsames Luder!", konterte Tim grinsend und verfiel sogleich wieder in seine Rolle, schlug geschäftig das Buch auf und überlegte laut: „Soso, mit wem fangen wir denn an?"

In diesem Moment klingelte es an der Wohnungstür. Anni und Isabell warfen sich fragende Blicke zu und Isabell wurde es für einen Moment ganz seltsam. Anni sprang auf und verschwand im Flur. Kurz darauf steckte sie den Kopf durch die Wohnzimmertür und die Freunde schauten sie erwartungsvoll an. „Ich glaub, das ist für dich", rief Anni Isabell zu. Mit klopfendem Herzen rutschte sie von der Couch und ging in den Flur. Das war doch hoffentlich nicht Daniel?

Anni kehrte zu Jenny und Tim ins Wohnzimmer zurück. An der Wohnungstür stand jedoch anstelle ihres Exfreundes ein junger Mann Anfang dreißig mit kurzen braunen Haaren, der sie freundlich anlächelte.

„Guten Abend, sind Sie Isabell Zimmer?", wollte er wissen.

Isabell nickte zögerlich und bemerkte einen ausladenden Blumenstrauß in seiner rechten Hand.

„Super, dann ist der hier für Sie!", entgegnete er und überreichte Isabell den Strauß Rosen.

„Schönen Abend noch!"

Verdutzt schaute Isabell dem jungen Mann hinterher, wie er scheinbar gut gelaunt immer zwei Stufen auf einmal nahm. Überrascht betrachtete sie die Rosen. Dieser Strauß konnte ja nur von einem kommen.

7. Dezember

M üde sah Isabell auf die Uhr. Gerade erst 10.30 Uhr, welch eine Qual, da half auch der dritte Kaffee nicht wirklich weiter. Der Nikolausabend hatte sich nach der Bescherung noch feucht-fröhlich fortgesetzt und so war Isabells Schlaf-Improvisatorium – die Couch in Annis Wohnzimmer – erst um halb zwei in der Nacht frei geworden, nachdem sich Jenny und Tim verabschiedet hatten. Das war unter der Woche definitiv zu lange, wenn man am nächsten Tag arbeiten musste, besonders wenn auch noch Alkohol im Spiel war. Den Punsch wollte schließlich niemand verkommen lassen und Isabell hatte sich dem Bedürfnis hingegeben, die letzten Tage herunterzuspülen. An Schlafen war dann auch nicht gleich zu denken gewesen, denn erst als die Freunde weg waren, traute sie sich, die Karte zu öffnen, die an dem Blumenstrauß angebracht war. Das überaus kitschige Kärtchen mit Herzchenmuster war bedruckt statt handbeschriftet, ein Service, den der Blumenlieferant wohl gleich mit anbot. Isabell schüttelte den Kopf, als sie an ihrem Kaffee nippte. Der Spruch ging ihr auch heute nicht aus dem Kopf.

„Babe! Du bist die Blüte meiner Liebe! Gib uns noch eine Chance!", stand in unpersönlicher Arial-Schriftart darin.

Isabell schüttelte es. Bei solch einem Spruch bekam sie eher einen Würgereiz anstelle von Versöhnungsgedanken. War Daniel vor ihrer Trennung auch schon so kitschig gewesen? Isabell konnte es nicht sagen.

Die Karte hatte sie noch in der Nacht in den Küchenmüll befördert. Kurz war sie im Begriff gewesen, die Blumen hinterherzuschmeißen, brachte es aber nicht übers Herz. Darum standen sie nun in einer Vase in Annis Wohnzimmer, während Isabell im Büro gegen die Müdigkeit kämpfte.

„Na, wir sehen heute aber schlecht aus!?"

Oh! Nicht auch noch die Schimpfmeister, dachte Isabell. Konnte diese Frau nicht mal eine Woche am Stück krank sein?

Anke Zinßmeister schlich gespielt unauffällig um sie und die Kaffeemaschine herum. Jeder wusste doch, dass sie nie einfach so an die Kaffeemaschine kam, weil sie doch immer nur diesen Fencheltee trank, der die ganze Firma an Magen-Darm-Erkrankungen denken ließ.

„Pff!" Isabell schnaufte laut und versuchte, so belanglos wie möglich dreinzuschauen. „Bin einfach etwas müde heute! Ist gestern etwas später geworden!"

„Ach!", stieß die Schimpfmeister aus. „Tanzen wir schon wieder auf anderen Hochzeiten? Na, das ging ja schnell!"

Irritiert sah Isabell ihre Kollegin an. War die noch ganz bei Trost? Isabell atmete ganz langsam die Luft ein und versuchte sich zu sammeln. Nicht aufregen, sprach sie sich selbst gut zu.

„Wie Sie meinen!", versuchte sie darum so gelassen wie möglich zu antworten. Treffer! Der Zinßmeister passte diese Antwort ganz und gar nicht, was Isabell daran erkannte, dass sich ihr Mund zu einem dünnen Strich zusammenzog. Sie hatte sich wohl mehr Emotionen erhofft. Aber da konnte die Alte lange warten.

Isabell drehte sich daraufhin einfach um und kehrte an ihren Tisch zurück. Dort lugte sie vorsichtig in ihre Handtasche. Mist. Ein verpasster Anruf von einer nicht gespeicherten Handynummer. Mit zittrigen Fingern drückte sie die Rückruftaste. Sollte die Zinßmeister doch im Kreis springen, wenn sie das sah.

Dreimal tutete es, dann meldete sich eine Frauenstimme zu Wort. „Hey, Isabell. Danke, dass du zurückrufst!", schallte es ihr freundlich entgegen. Isabell musste einen Moment überlegen, ehe sie die Stimme zuordnen konnte. Katharina.

„Hallo, Katharina", entgegnete sie zögernd und mit einem unguten Gefühl im Bauch. Doch diese plauderte auch gleich weiter: „Du, tut mir echt leid, dass ich mich gestern nicht mehr gemeldet habe. Aber bis dieser Typ mich gestern endlich zurückgerufen hatte, war es schon so spät und da wollte ich nicht … also … lange Rede, kurzer Sinn …" Katharina machte eine kurze Redepause und Isabell hielt gespannt die Luft an.

„Er ist abgesprungen. Du kannst die Wohnung haben!"

„Scheiße!", rutschte es Isabell heraus.

„Äh, wie bitte?!"

„Wie geil ist das denn?" Isabell konnte es kaum glauben. Vor sechs Tagen hatte sie überstürzt ihre Sachen gepackt und gerade hatte sie eine Zusage zu ihrer eigenen Wohnung. Einer schönen noch dazu.

„Freut mich, wenn es dich freut!" Katharina wirkte ebenfalls erleichtert.

„Und wann, denkst du, kann ich die Wohnung beziehen?", traute sich Isabell vorsichtig zu fragen.

„Darüber habe ich mir auch schon meine Gedanken gemacht", erklärte Katharina. „Und weil ich ja weiß, in welch mieser Lage du gerade steckst, werde ich meine Wohnung morgen räumen. Am Samstag kannst du dann rein."

Isabell verschluckte sich fast an ihren eigenen Worten.

„Katharina, du verarschst mich jetzt?"

„Nee, eigentlich nicht! Ich hab ja eh nur noch meine Möbel drin und die hole ich morgen Abend ab."

„Das ist ja … also wirklich … Wahnsinn! Danke, Katharina!"

„Gern geschehen", meinte die fröhlich. „Dann melde ich mich morgen einfach noch mal bei dir wegen des Schlüssels und des Mietvertrags, okay?"

„Okay!"

„Mach´s gut, Isabell", verabschiedete Katharina sich und legte auf. Isabell starrte überrumpelt ihr Handy an. Das musste sie Anni erzählen.

8. Dezember

„Ysa, alles okay?" Anni strich vorsichtig über Isabells Arm. Seit zwei Minuten standen die beiden vor Daniels Wohnung, ohne dass Isabell die Tür öffnete.

„Und du bist dir sicher, dass er nicht da ist?", wollte Anni nun schon zum zweiten Mal wissen.

Isabell nickte langsam. „Ich weiß, dass er diese Woche Spätschicht hat."

Das schien nun auch sie zu beruhigen. Denn endlich steckte sie den Schlüssel ins Schloss und drückte mit einem Fuß die Wohnungstür auf, damit sie mit den gefalteten Kartons unter dem Arm hineinkam. Anni folgte ihr, ebenfalls mit Kartons beladen. Auf dem Weg zur Wohnung hatten sie noch einen Zwischenstopp bei Katharina eingelegt. Isabell hatte unter den wachsamen Augen des Hausverwalters den Mietvertrag unterschrieben und würde sich am nächsten Morgen mit Katharina in der neuen Wohnung zur Schlüsselübergabe treffen. Bis dahin wollte Isabell in der alten Wohnung alles vorbereitet haben, damit Anni, Jenny und Tim am nächsten Tag einfach alles abholen konnten.

Isabell, so hatten sich die Freunde geeinigt, würde in der neuen Wohnung auf sie warten, damit sie nicht noch mit Daniel konfrontiert würde, der dann mit Sicherheit zu Hause wäre.

Mit einem Kloß im Hals legte Isabell die Kartons mitten im Wohnzimmer auf den Boden und schaute sich in ihrer alten Wohnung um. Ihr Blick blieb an den Fotos auf dem Sideboard hängen, auf denen sie und Daniel im Urlaub um die Wette strahlten. Und schon wieder spürte sie, wie sich alles in ihr zusammenzog und ihr Blick verschwamm. Anni, der das nicht entging, zog Isabell zu sich heran und nahm sie fest in den Arm. Lautlos rollten Isabell immer mehr Tränen die Wangen hinab und Anni strich ihr liebevoll über den Rücken. „Wir schaffen das!", flüsterte sie in Isabells Ohr.

Die nickte mechanisch. In diesem Moment konnte sie den Worten nur wenig Glauben schenken.

Anni drückte Isabell ein Stück von sich weg, hielt sie aber weiter an den Schultern fest, sodass sie ihrer Freundin in die Augen sehen konnte.

„Isa? Schau mich an."

Isabell gehorchte und Anni lächelte aufmunternd.

„Es ist richtig scheiße gerade, das weiß ich. Aber es war trotzdem die richtige Entscheidung. Und hey, Babe", Anni äffte Daniels Macho-Art mit verdunkelter Stimme und einer hochgezogenen Augenbraue übertrieben nach, „du hast einen Besseren verdient, Babe!"

Isabell musste unter Tränen lachen und drückte ihrer Freundin einen Kuss auf die Wange. „Danke, Anni. Dass du da bist und das hier mit mir durchstehst", flüsterte sie ihr ins Ohr.

„Jederzeit, Babe!", witzelte Anni weiter in Daniels Tonart und wurde dann wieder sie selbst. „Bist du bereit?"

Isabell nickte. „Fangen wir an!"

Zwei Stunden lang räumten die beiden Haushaltsgegenstände, persönliche Erinnerungen, Deko und anderen Krams in die mitgebrachten Kisten, wägten ab, ob sie einen Gegenstand mitnehmen oder dalassen sollten, weinten und lachten zusammen. Schließlich hatten sie einen Berg an Kisten und wenigen Möbeln in der Mitte des Wohnzimmers aufgetürmt. So würden die Freunde am nächsten Tag nicht mehr viel zusammensuchen müssen.

Erschöpft ließen sich Anni und Isa auf den Wohnzimmerboden fallen.

Anni sah auf die Uhr. „Es ist jetzt kurz nach zehn. Ich denke, wir sollten es langsam packen. Nicht, dass wir doch noch deinen Ex antreffen."

„Ja, du hast recht. Dann ist das jetzt wohl das letzte Mal, dass wir hier sitzen, was?" Isabell blickte betrübt zu Boden.

„Stimmt! Ab morgen sitzen wir in deiner neuen Bude", versuchte sie ihre Freundin zu motivieren. „Also …!" Anni machte den Anfang und stand auf.

„Moment – eins noch", fiel Isabell ein. Dann riss sie in der Küche von der Küchenrolle ein Blatt ab, kramte einen Kugelschreiber aus ihrer Handtasche hervor und schrieb ihre neue Adresse drauf. „Daniel soll wenigstens wissen, wohin er mir meine Sachen weiterleiten kann, falls was Wichtiges kommt. Aber erinnere mich daran, dass ich gleich am Montag noch einen Nachsendeantrag bei der Post stellen muss", murmelte Isabell. Dann nahmen sich die beiden an der Hand, machten das Licht aus und zogen die Haustür hinter sich ins Schloss.

9. Dezember

sabell trippelte auf der Stelle. Es war eiskalt an diesem Samstagmorgen und aufgeregt war sie auch noch, als sie vor dem Mehrfamilienhaus auf Katharina wartete. Herrgott, wer zog auch sonst freiwillig im Dezember um? Aber gut, so ganz unter „freiwillig" fiel der Umzug dann ja auch wieder nicht.

Gerade als sie in ihrer Tasche nach ihrem Handy kramte, um zu sehen, ob Katharina eine Nachricht geschickt hatte, bog diese um die Ecke.

„Moooorgen!", rief sie schon von weitem und Isabell winkte zur Antwort.

„Sorry, ich bin heute Morgen nicht so gut rausgekommen, es war ein bisschen spät gestern Abend!"

„Du, gar kein Problem, ich bin ja froh, dass es überhaupt so geklappt hat", entgegnete Isabell und sah zu, wie Katharina erst die gemeinschaftliche Haustür und ein paar Stufen weiter die Wohnungstür aufschloss. Ihre Wohnungstür.

Langsam folgte sie Katharina in die leer geräumte Wohnung. Ein seltsames Gefühl, dachte Isabell und sah sich um. Die Wohnung wirkte nun, da alle Räume leer standen und weiße Wände und der Holzboden sie angähnten, noch fremder – auf eine seltsame Weise seelenlos. Aber wie sollte eine Wohnung auch eine Seele haben, wenn nicht der darin Wohnende sie ihr einhauchte? Einzig die kleine Küche, die Isabell übernehmen würde, wirkte schon jetzt einladend.

Katharina schritt zügig von Zimmer zu Zimmer, erzählte, dass sie alles sauber hinterlassen habe, sie sich bei Fragen melden dürfe und Vieles mehr, das Isabell nur mit halbem Ohr wahrnahm.

„Zu guter Letzt bleibt mir nur noch, dir alles Gute für deinen Neuanfang zu wünschen. Ich hoffe, du fühlst dich hier genauso wohl, wie ich mich gefühlt habe", schloss Katharina und drückte Isabell feierlich alle Schlüssel in die Hand, die zur Wohnung gehörten.

Das hoffe ich auch, ging Isabell durch den Kopf. Sie erwiderte Katharinas herzliche Umarmung. Die machte sich strahlend davon und Isabell stand alleine und etwas verlassen in ihrer neuen, leeren Wohnung. Da klingelte ihr Handy.

„Wir sind in einer Minute da", rief Anni, ohne Zeit zu verlieren. „Du kannst uns entgegenkommen."

Am frühen Abend fand Isabell endlich die Zeit, sich zum ersten Mal auf ihrer kleinen Eckcouch niederzulassen. Schon kurz nach Mittag hatten sich die Freunde verabschiedet, nachdem die wenigen Möbel auf den richtigen Platz gerückt und die paar Kisten in die richtigen Zimmer geräumt worden waren. Tim hatte noch zwei Lampen im Wohnzimmer und im Schlafzimmer angebracht, die die Freunde aus ihren eigenen Haushalten für sie zusammengetragen hatten. Dann hatten sie Isabell alleine gelassen, die sich sofort ans Kisten aus- und Schränke einräumen machte. Nicht, dass sie sonderlich viel Wert darauf legte, es sich hier gleich heimelig zu machen, aber Ablenkung wirkte ja immer irgendwie Wunder.

Nun betrachtete sie vom Sofa aus ihr neues kleines Reich. In der Küche hatte sie am meisten tun können, denn die Küchenschränke waren ja schon da und ein paar Küchenutensilien hatte sie mitgebracht. Im Schlafzimmer hatte sie nun ein offenes Regal stehen, in dem sie und Daniel in einer kleinen Büroecke immer die Ordner aufbewahrt hatten. Isabells Kleidung lag nun ordentlich zusammengelegt darin. Das gemeinsame Bettgestell hatte sie kurzerhand mit ihrer Matratze mitgenommen, Daniel konnte mit seiner Matratze auf dem Boden schlafen. Womit es ihn genaugenommen nicht unbedingt schlechter traf, denn Isabell schaute beim Schlafen auf eine leere Bettseite ohne Matratze. Am unpersönlichsten aber fühlte es sich für sie in diesem Moment in ihrem Wohnzimmer an, obwohl sie zumindest auf ihrer eigenen geliebten Couch mit den gemütlichen Kissen saß. Das war dann aber auch fast schon alles.

Statt eines Wohnzimmertisches diente ein umgedrehter Umzugskarton als wackelige Ablage. Tim hatte ihr seinen alten Monitor aus dem Keller gekramt, auf dem sie zumindest fernsehen konnte. Der stand nun einsam auf dem Holzboden. Statt der vielen Fotos aus gemeinsamen Urlauben waren nur noch zwei Bilderrahmen übriggeblieben, mit einem Bild von Anni und ihr und einem von Isabells Eltern. Die Bilderrahmen wirkten auf der ansonsten leeren Fensterbank mindestens genauso verloren wie Isabell sich fühlte. Nur eine bauchhohe Zimmerpflanze zierte die Wohnzimmerecke.

„Oje, meine Eltern!", fiel Isabell in dem Moment wieder siedend heiß ein. Seit Tagen schob sie diesen Anruf vor sich her, aber irgendwann würde sie sie anrufen und berichten müssen, was geschehen war. Isabell graute es davor, denn ihre Mutter machte sich gerne übertriebene Sorgen, erst recht, seit sie beschlossen hatten, nach Menorca auszuwandern und ihre erwachsene Tochter und den ebenfalls erwachsenen Sohn, der sowieso das ganze Jahr durch die Welt reiste, alleine zurückzulassen. Aber eigentlich konnte das auch noch bis morgen warten, fand Isabell. Jetzt kam es auf einen Tag mehr oder weniger auch nicht mehr an.

Lustlos tippte Isabell auf ihrem Handy herum. Wie kam es, dass sie nichts mit sich anzufangen wusste? Sie war schließlich nicht das erste Mal in ihrem Leben allein zu Hause. Aber das hier fühlte sich anders an. Richtig mies.

Ein lautes „Dröööt" riss Isabell aus ihren finsteren Gedanken. Irritiert sah sie sich um. Dann wieder ein „Dröööt". Das musste die Klingel sein. Verwundert drückte Isabell auf den Türöffner und öffnete ihre Wohnungstür einen Spaltbreit.

Erst hörte sie nur Gemurmel, dann erkannte sie die Stimmen und im nächsten Moment standen sie auch schon aufgereiht vor ihr. Tim, Jenny und Anni, bepackt mit zwei Flaschen Hugo, Essen vom Chinesen, einem gerahmten Bild mit vier strahlenden Gesichtern bei Jennys letzter Geburtstagsparty und einem großen Fresskorb.

„Hast du echt geglaubt, wir lassen dich heute Abend alleine?", rief Anni fröhlich und drückte sich an Isabell vorbei in die Wohnung.

„Da solltest du uns echt besser kennen!", fügte Jenny hinzu und drückte ihr einen Kuss auf die Wange.

Tim balancierte den Fresskorb in beiden Händen und kam grinsend hinterher: „Als wir heute Mittag deinen leeren Kühlschrank gesehen haben, da mussten wir einfach handeln. Wir wollen ja nicht, dass uns unsere Isa verhungert."

Isabell konnte kaum glauben, was ihre Freunde gerade vollführten. Endlich zeichnete sich auch in ihrem Gesicht ein zaghaftes Lächeln ab.

„Und jetzt, Isa! Jetzt weihen wir erst mal deine Bude ein!", rief Anni und angelte bereits vier Wassergläser aus ihrem Küchenschrank. Sie kicherte. „Und nächste Woche fahren wir zu Ikea, damit du Hugo-taugliche Gläser bekommst! Das ist ja kein Zustand!"

10. Dezember

Isabells Freunde waren tatsächlich über Nacht geblieben, auch wenn Jenny und Tim sich auf der kleinen Eckcouch ganz schön zusammenkringeln mussten. Anni hatte sich zu Isabell auf die schmale Matratze gezwängt, was am Ende dazu führte, dass die beiden Freundinnen kaum Schlaf fanden. Nach dem Frühstück am Mittag hatten sich die drei aber schließlich doch verabschiedet und seitdem lenkte sich Isabell zwanghaft mit dem Blättern von Frauenmagazinen ab. Laut schnaubend schmiss sie irgendwann den Wahnsinn aus Weihnachtsrezepten und Basteltipps fürs Fest zur Seite. So tapfer sie sich selbst gerade fühlte, so wollte doch trotzdem keine rechte Weihnachtsstimmung bei ihr aufkommen. Und dann war da auch noch das Telefonat, das sie nicht mehr ewig vor sich herschieben konnte.

„Okay, hilft ja alles nichts", redete Isabell sich selbst gut zu, griff mutig nach ihrem Handy und wählte in ihren Kontakten „Mama und Papa" aus.

Es tutete und Isabell hielt gespannt die Luft an.

„Mäuschen!", rief ihr die Stimme ihres Vaters freudig entgegen. „Alles in Ordnung bei dir? Wir haben ja schon Tage nichts mehr von dir gehört!"

Tatsächlich hatte Isabell bereits zwei Anrufe ihrer Eltern im Laufe der Woche ignoriert. Allerdings riefen die auch gerne während ihrer Arbeitszeit an, obwohl sie ihnen bestimmt schon fünftausend Mal erklärt hatte, dass das eine schlechte Idee war.

„Ist das unser Mäuschen?", hörte sie im Hintergrund die aufgeregte Stimme ihrer Mutter fragen.

„Jaaaaa", flüsterte ihr Vater und Isabell konnte hören, dass er das Telefon dabei von sich weghob.

Isabell entspannte sich. Sich das Szenario ihrer Eltern in der kleinen Wohnung auf Menorca vorzustellen, hatte fast etwas Amüsantes.

„Frag, ob es ihr gutgeht!", hörte sie im Hintergrund wieder ihre Mutter.

„Das hab ich doch schon!", entgegnete ihr Vater wieder entfernter.

„Uuuuund?", wollte ihre Mutter dann wissen.

„Äh, Papa, ich bin noch immer am Telefon. Wenn ihr weiterreden möchtet, kann ich auch später noch mal anrufen."

„Himmel, Isabell!" Ihr Vater war endlich wieder am Apparat. „Natürlich nicht. Du kennst doch deine Mutter!"

„Die kenne ich."

„Uuuuuund?" Wieder ihre Mutter.

„Herrgott, Moni, ja!", rief er nun aufgebracht und fragte im nächsten Moment mit völlig ruhiger Stimme: „Und, Mäuschen?"

Isabell brachte keinen Ton heraus.

„Isabell?", hakte er immer noch mit ruhiger Stimme nach.

Isabell spürte einen Kloß im Hals. Es war die eine Sache, sich einer Situation bewusst zu sein und die andere, es auch auszusprechen.

„Ich hab mich von Daniel getrennt!", brach es mit dünner Stimme aus ihr heraus. Am Telefon war es ganz still.

„Ich bin ausgezogen. Aber ich habe schon eine neue Wohnung", beeilte sie sich nun zu sagen. Am anderen Ende war es immer noch still. „Papa?"

„Oh weh, Mäuschen, das tut mir wirklich leid!", hörte sie nach einer weiteren Atempause ihren Vater sagen. Seine Stimme klang betroffen. „Ihr seid ja schon so lange … und ihr habt ja auch zusammen gewohnt … und herrje", versuchte er, scheinbar überfordert, die richtigen Worte zu finden. „Und das auch noch kurz vor Weihnachten!"

„Hast du ihr das mit Weihnachten etwa schon gesagt?", hörte sie ihre Mutter im Hintergrund verwundert fragen.

„Moni! Das passt gerade ganz schlecht!", hörte sie ihren Vater in Richtung ihrer Mutter flüstern.

„Was gesagt, Papa?"

„Ach, Mäuschen, am besten gebe ich dir mal eben deine Mutter!"

11. Dezember

Erschöpft stellte Isabell ihre schweren Einkaufstaschen vor ihrer Wohnungstür ab und suchte in ihrer Handtasche nach dem Schlüssel. Sie war gleich nach der Arbeit noch einkaufen gewesen und nun endlich zu Hause. In ihrer Wohnung drückte sie erst mal alle Lichtschalter. Eigentlich mochte sie den Winter, wenn es früh dunkel wurde, man von außen in fremde Wohnungen schauen konnte und das Gefühl hatte, dass es keinen gemütlicheren Ort gab als die eigene Wohnung. Um dann in eine Wolldecke eingeschlagen aus dem eigenen Küchenfenster zu schauen und sich von den beleuchteten Fenstern in ihren Bann ziehen zu lassen.

An diesem Abend allerdings fehlte dieses Gefühl gänzlich. Den Arbeitstag hatte sie irgendwie hinter sich gebracht, aber mit den Gedanken war Isabell heute ganz woanders gewesen. Nicht nur, dass sie sich an ihr neues Single-Dasein und eine neue Wohnung gewöhnen musste, ihre Mutter hatte am Telefon auch noch furchtbar geweint. Nicht etwa wegen Daniel, der war noch nie ihr Wunschschwiegersohn gewesen, wie Isabell insgeheim immer gewusst hatte. Und auch nicht alleine wegen der Tatsache, dass ihrer eigenen Tochter das Herz blutete, sondern aus einem anderen Grund: Weihnachten.

„Oh, Isa-Mäuschen!", hatte ihre Mutter in einem Ton gesagt, der Isabell ahnen ließ, dass sich ihre Mutter für das, was sie gleich sagen würde, selbst hasste. „Wegen Weihnachten müssen wir dir was sagen!"

Isabell hielt in dem Moment die Luft an.

„Also, weil weißt du, es tut uns wirklich leid! Mensch, wenn wir das mit Daniel aber auch gewusst hätten, also … ach, Isabelle, ich mach es kurz: Wir können dieses Jahr an Weihnachten nicht kommen. Weißt du, Papa muss nächste Woche operiert werden. Nix Schlimmes, nur ein kleiner Eingriff an der Hand wegen seines Karpaltunnelsyndroms. Aber das ist uns dann wirklich zu viel."

Und dann hatte ihre Mutter losgeweint, weil sie nun ein schlechtes Gewissen hatte, und Isabell hatte sie getröstet, obwohl sie sich selbst fühlte, als hätte ihr jemand ein Brett vor den Kopf geschlagen. Und dieses Brett war gefühlt immer noch da.

Mechanisch verstaute sie ihre Einkäufe im Kühlschrank und in den Küchenschränken, als ein „Dröööt" sie zusammenschrecken ließ. Wer kam denn jetzt vorbei?

Verunsichert drückte Isabell auf den Türöffner und wartete auf den Besucher.

Nanu? Den kannte sie doch schon.

Grinsend kam ihr der Blumenlieferant entgegen, der bereits vor einer Woche vor Annis Wohnungstür aufgetaucht war. Als er näherkam, sah er sie verwundert an.

„Äh, Isabell Zimmer?" Er warf einen prüfenden Blick auf seinen Lieferschein.

Isabell nickte.

„Hm, ist ja verrückt. Haben Sie nicht letzte Woche noch zwei Straßen weiter gewohnt?" Er sah sie aufmerksam mit seinen großen braunen Augen an.

„Ja, also, äh, nein … Ich habe nur vorübergehend bei meiner Freundin gewohnt. Aber jetzt wohne ich hier", versuchte Isabell zu erklären.

„Naja, Hauptsache, ich bin richtig", stellte der Blumenlieferant fröhlich fest und überreichte Isabell feierlich einen Blumenstrauß. „Mit besten Grüßen", sagte er mit einer dramatischen Geste. „Da muss Sie ja jemand richtig mögen, das ist – ganz unter uns - der ‚Weil-ich-dich-liebe-Strauß'. Kostet ein kleines Vermögen", fügte er feixend hinzu. Isabell sah ihn mit großen Augen an. Und bevor sie auch nur den Hauch einer Chance hatte, dagegen anzukämpfen, kullerten schon wieder die Tränen. Die letzten Tage waren einfach zu viel für sie gewesen.

Hätte ich doch mal gestern mit meiner Mutter geheult, würden heute nicht alle Dämme brechen, ging ihr dabei durch den Kopf. Der Blumenlieferant machte erschrocken einen Schritt zurück.

„Oh nein, das wollte ich nicht! Sorry, echt, wenn ich das gewusst hätte, also, es tut mir wirklich … wissen Sie, sonst freuen sich die Menschen immer, wenn ich das sage!" Er machte große Augen und war sichtlich überfordert mit der weinenden Isabell. Die zuckte schluchzend mit den Schultern und versuchte mit aller Kraft, weitere Tränen zurückzuhalten.

„Nein! Sie können nichts dafür!", presste sie mit einem krampfhaften Lächeln hervor. Dass der arme Kerl sie so sah, wollte sie am wenigsten und ihn damit auch noch zu erschrecken, gleich überhaupt nicht.

„Es ist einfach nur …" Ja, wie eigentlich, Isabell?, fragte sie sich in dem Moment selbst. „… etwas schwer. Entschuldigen Sie bitte", sagte sie beschämt, sah im Wegdrehen noch einmal von unten mit einem entschuldigenden Lächeln zu ihm auf und schloss die Wohnungstür hinter sich. Gott, war das peinlich.

Isabell betrachtete den Blumenstrauß in ihren Händen. Hübsch war er, wenn auch etwas weihnachtlich. Erneut hing ein Kärtchen mit einer Nachricht daran, wieder in gedruckter Schreibschrift. „Babe! Ich hoffe, du hast dich in deiner eigenen Wohnung schon eingelebt. Hier ist es einsam ohne dich! Vielleicht tut uns Abstand gut, und wir können in ein paar Tagen mal über alles reden. Ich liebe und vermisse dich!"

„Uns"? Hätte er nicht alle Möglichkeiten gehabt, schon eher über das „Uns" nachzudenken? Spätestens aber als er sich entschlossen hatte, eine andere Frau zu küssen?

In Isabell zog sich alles zusammen. Warum heulte sie diesem Kerl eigentlich noch hinterher? Diesen elendigen Blumenstrauß konnte er sich doch gerne in den Allerwertesten stecken! Als ob man damit eine Beziehung kitten konnte?! Und mit dem Heulen sollte nun auch endlich Schluss sein!

Energisch schritt Isabell in ihre kleine Küche und zog den Schrank unter der Spüle auf, woraufhin ihr der Küchenmülleimer entgegenkam. „Du blöder Mistkerl", sagte sie und stopfte den Blumenstrauß in den Abfalleimer.

12. Dezember

Anni und Isabell stiegen aus dem Taxi, das sie in den ländlichen Vorort gebracht hatte, in dem Jenny und Tim ihr Einfamilienhaus gekauft hatten. „Also, von außen sieht es immer noch ziemlich fertig aus", flüsterte Anni in Isabelles Ohr. Tatsächlich hatten Jenny und Tim nämlich ein altes Bauernhaus erstanden, das komplett renovierungsbedürftig war.

„Hoffen wir mal, dass es sich drinnen etwas mehr verändert hat", erwiderte Isabell mit einem Augenzwinkern. Die Freunde hatten spontan per Kurznachricht zum Glühweinumtrunk eingeladen, denn es gab einen Grund zum Feiern. Seit sie vor acht Monaten das Haus gekauft hatten und gleich eingezogen waren, hatten sie sich mit einem Campingkocher und einer Induktionsplatte über Wasser halten müssen, denn das Möbelhaus kam mit der Lieferung einfach nicht hinterher. Nun hatten Jenny und Tim endlich ihre langersehnte Küche bekommen. Im Wohnbereich der beiden sah es noch immer etwas ungemütlich nach Baustelle aus, denn sie hatten sich vorgenommen, das alte Mauerwerk und die

Balken herauszuarbeiten. Einzig die Küche war nun endlich ein warmer und fertig eingerichteter Raum, in dem auf einer der vier Herdplatten ein großer Topf Glühwein stand und seinen Duft im Raum verteilte.

In der Küche begrüßten Anni und Isabell nicht nur Jenny und Tim, sondern auch zwei Pärchen, die sie von so manchen Geburtstagspartys kannten.

„Na super, heute Abend sind wir wohl die Einzigen, die kein Paar sind …", raunte Isabell in Annis Ohr.

„Da siehst du mal, wie es mir sonst immer geht", gab Anni scherzend zurück.

„Ja, mit dem Unterschied, dass du öfters eine Abwechslung in deinem Liebesleben magst", konterte Isabell und Anni streckte ihr zur Antwort die Zunge raus. „Isa! Für dich würde ich heute Abend alles sein, wenn´s dir hilft!", hauchte Anni und machte einen übertriebenen Kussmund.

Isabell schüttelte lachend den Kopf. „Sorry, besser nicht."

Die beiden nahmen sich eine Tasse Glühwein und gesellten sich zu den anderen Gästen, die in ein angeregtes Gespräch über die richtige Größe des Weihnachtsbaumes vertieft waren. Puh, musste sich eigentlich alles um Weihnachten drehen? Das ganze Weihnachtsgedöns mit Geschenken, glücklichen Pärchen und Liebe bis zum Überlaufen ging Isabell in diesem Jahr gehörig auf den Keks. Aus den Augenwinkeln beobachtete sie, wie erneut die Küchentür aufging und ein hochgewachsener Mann etwa im gleichen Alter wie die vier Freunde den Raum betrat.

„Johannes!", rief Jenny überschwänglich und gab ihm links und rechts ein Küsschen auf die Wange. „Wie schön, dass es doch noch geklappt hat!"

Johannes lächelte höflich und ließ sich eine Tasse Glühwein in die Hand drücken, während Jenny ihn ziemlich auffällig in Isabells Richtung dirigierte.

„Das hier sind Anni und Isabell", erklärte Jenny und platzierte Johannes direkt vor den Freundinnen. „Und das ist Johannes", erklärte sie an die beiden gewandt. „Johannes ist ein alter Freund von Tim. Er wohnt seit drei Wochen wieder hier in der Stadt, nachdem er zwei Jahre lang in England gearbeitet hat. Nicht wahr, Johannes? Johannes ist nämlich Physiker!"

Isabell warf Anni einen vielsagenden Blick zu. Was ging denn hier ab? Noch auffälliger konnten die Freunde doch wirklich keinen Verkupplungsversuch starten. Isabell war einen kurzen Moment angesäuert, versuchte aber gleich wieder, das unangenehme Gefühl mit Glühwein runterzuspülen. Vielleicht passte er ja in Annis Beuteschema. Isabell jedenfalls wollte so schnell erst mal nichts von der Liebe wissen. Da hielt sie es im Augenblick lieber wie mit Weihnachten.

Anni schien auch tatsächlich ganz interessiert zu sein. Neugierig musterte Isabell Johannes, der nicht nur eine stattliche Größe, sondern auch ein markantes Äußeres mit kurzen blonden Haaren und hellblauen Augen hatte. Die versteckten sich allerdings hinter einer Brille mit runden Gläsern, die Isabell stark an Harry Potter erinnerte.

Johannes stand etwas verunsichert vor den beiden Frauen und lächelte tapfer.

„Physiker also? So wie Albert Einstein?", griff Anni die Vorlage auf und kicherte.

Johannes schien sich etwas zu entspannen. „Richtig. Einstein war ebenfalls Physiker", erklärte er. „Genauso wie Max Planck, Wilhelm Conrad Röntgen und sehr viele andere bedeutende Menschen. Allerdings würde ich mich niemals mit solchen Größen auf eine Stufe stellen. Ich arbeite in der Forschung. Mein Fachgebiet ist die Molekularelektronik, wobei ich mich im Speziellen mit der Monomolekularelektronik befasse", erklärte Johannes und schien sofort in seinem Element zu sein. Begeistert fuhr er fort: „In unserer Forschungseinrichtung arbeiten wir derzeit nur kollektiv an molekularen Spin-Kanälen. Das wiederum impliziert, dass wir alle frenetisch bei der Sache sein müssen. Aber das tangiert mich nicht weiter, ich habe ja schließlich erst kürzlich meinen Doktortitel erhalten. Zweifellos setze ich all meine Ressourcen für unsere Obliegenheit ein."

Isabell sah ihn mit großen Augen an und runzelte die Stirn. Sie hatte nur die Hälfte von diesem Nerd verstanden.

„Molegare Elektronik. Wie das schon klingt!", wiederholte Anni schwärmend.

„Molekulare …", verbesserte Johannes mit einem Lächeln.

„Jaaa!" Anni war hin und weg. So wie Isabell ihre Freundin kannte, stand die total auf Titel und Positionen bei Männern. Isabell unterdrückte ein Gähnen und nippte stattdessen an ihrem Glühwein, während Anni weiterhin Johannes ausquetschte. Der geriet bei der Beschreibung von Elektroden, Dioden und molekularen Drähten in einen regelrechten Rausch.

Wieder musste Isabell ein Gähnen unterdrücken. Das war aber auch langweilig. Besser gesagt: Johannes. Anni steigerte sich weiter in das Gespräch, während Isabell mehr als Zaungast danebenstand und all die uninteressanten Wörter über eine Stunde an sich vorbeirauschen ließ. Plötzlich drehte sich Johannes zu ihr um. „Ich habe gehört, du arbeitest auch in einem Elektronikunternehmen?"

Isabell fragte sich, wo er das wohl gehört hatte, und tippte mal auf Jenny.

„Ähm, also, ich arbeite in einem Handwerksbetrieb und wir haben auch Elektriker, die alles Mögliche reparieren, aber ich selbst arbeite in der kaufmännischen Abteilung", erklärte sie.

Johannes nickte. „Super, klingt interessant."

Nun ja, höflich war er wenigstens, schließlich war daran überhaupt nichts sonderlich aufregend im Vergleich zu einer Anstellung in der Forschung, dachte sich Isabell. Wobei diese sie ja noch weniger interessierte.

„Und ich arbeite in der Jugendhilfe", nutzte Anni die Chance, sich wieder einzubringen. Wieder nickte Johannes.

„Gut, ihr beiden, da wir ja jetzt das Berufliche geklärt haben, macht es euch bestimmt nichts aus, wenn ich jetzt einen anderen Job ins Spiel bringe. Ich würde dann mal das Taxi bestellen, wir müssen morgen schließlich wieder unseren eigenen Berufen nachgehen, oder Anni?", schlug Isabell bestimmt vor.

Anni und Isabell hatten schon immer die Abmachung, dass keine von ihnen nach einer Party allein nach Hause ging. Daher schaute Anni zwar etwas irritiert, gab aber sofort klein bei. „In Ordnung", antwortete sie, ohne Johannes aus den Augen zu lassen.

„Also, wenn ihr möchtet, kann ich euch gerne in meinem Auto mitnehmen, ich würde mich dann auch auf den Heimweg machen!", schlug Johannes vor.

Isabell wollte gerade dankend ablehnen, auch weil sie keine Lust hatte, noch Zeit mit Johannes im Auto zu verbringen, sich dabei weiter von ihm vollquatschen zu

68

lassen und ihm auch noch zu sagen, wo sie wohnte. Da quietschte Anni bereits entzückt: „Oh! Das wäre ja megalieb von dir!"

70

13. Dezember

Übermüdet trottete Isabell an diesem Morgen die Stufen zur Haustür herunter. Ein Glühweinumtrunk unter der Woche war definitiv keine gute Idee.

Gerade als sie die Erdgeschosswohnungen passierte, öffnete sich zu ihrer Rechten eine Wohnungstür und eine ältere Dame mit Kopftuch und Morgenmantel kam ihr entgegen.

„Morgen!", raunte Isabell müde und wollte weitergehen. Da sprach sie die Dame mit scharfer Stimme an.

„Na, SIE müssen wohl die Neue von oben sein?"

Isabell blieb irritiert stehen. „Ja, ich bin am Samstag eingezogen."

Die Dame zog abschätzend die Augenbrauen hoch. „Na, da kann man sich aber ruhig mal vorstellen, meinen Sie nicht?"

Isabell blieb die Spucke weg. „Ähm, also entschuldigen Sie bitte. Ich wohne ja gerade erst seit zwei Tagen hier und war noch nicht wirklich zu Hause." Reiß dich zusammen, ermahnte Isabell sich selbst, die ahnte, dass sie so übermüdet und genervt nicht gerade sympathisch rüberkam.

„Ja! Das habe ich auch schon bemerkt!", tadelte die Dame. Isabell spähte verärgert auf den Klingelknopf neben der Wohnungstür. „Schneidewind" stand darauf. „Gut, Frau Schneidewind. Ich bin Isabell Zimmer, wohne seit zwei Tagen hier und muss jetzt zur Arbeit. Einen schönen Tag noch!", presste Isabell bemüht freundlich hervor und ließ Frau Schneidewind im Hausflur stehen. So eine hatte ihr gerade noch gefehlt.

Auf der Arbeit nahm sich Isabell erst mal einen Kaffee, noch bevor der Computer fertig hochgefahren war. Die Schimpfmeister warf ihr vorwurfsvolle Blicke zu. Wenn die Olle ihr heute auch noch querkam, würde Isabell für nichts garantieren können. Zwei von der nörgelnden Sorte waren definitiv zu viel.

Die nächsten Stunden hielt die sich allerdings galant zurück und Isabell war in ihre Arbeit vertieft, bis neben ihr das Handy mit einer Kurznachricht von einer unbekannten Nummer aufleuchtete.

Verwundert hielt Isabell mitten im getippten Satz inne und las. „Hey, Isabell, es hat mich gestern echt gefreut, dich kennenzulernen. Ich bin morgen Abend auf einen super interessanten Technikkongress eingeladen und wollte dich einfach mal fragen, ob du nicht Lust hättest, mitzukommen? Liebe Grüße, Johannes."

Oh nein! Nicht auch noch Johannes. Isabell rieb sich mit der Hand über die Augen und die Stirn. Er war ja ein ganz Netter, aber sooo langweilig, dass Isabell selbst jetzt wieder gähnen musste. Aber witzig war er ja, irgendwie. Oder warum sollte ein Mann sonst ein Date auf einem Technikkongress vorschlagen?! Und woher hatte er überhaupt ihre Nummer?

Bevor sie sich überlegen wollte, wie sie Johannes am besten abwimmelte, schrieb sie Anni und Jenny gleichzeitig dieselbe Nachricht. „Hast du etwas damit zu tun, dass Johannes meine Handynummer hat?"

Keine zwanzig Sekunden später kamen gleich zwei Antworten zurück.

„Er hat deine Nummer? Kannst du mir seine weiterleiten?", schrieb Anni.

Dann Jenny. „Ups."

„Ups?" Isabell tippte grummelnd auf ihr Handy ein. „Was heißt hier ‚Ups'?"

„Dachte nicht, dass es dich stört. Er hat so nett gefragt. Sorry!"

Typisch Jenny, dachte Isabell und widmete sich dem eigentlichen Problem. Johannes.

„Hallo, Johannes, ist nett von dir, aber die Woche ist echt ganz schlecht. Viele Grüße, Isabell."

So, das sollte doch hoffentlich reichen und Johannes sollte die Botschaft verstanden haben, oder?

Es dauerte ein paar Minuten, dann leuchtete eine Antwort auf. „Ok, schade! Aber vielleicht ist ja nächste Woche mal wieder etwas Spannendes los, dann sag ich dir einfach Bescheid. Liebe Grüße, Johannes."

Erschöpft stützte sich Isabell mit den Ellenbogen auf der Schreibtischplatte ab und ließ den Kopf auf die Hände sinken. Heute Abend würde sie ihr Handy ausschalten, damit sie endlich mal ihre Ruhe hätte.

14. Dezember

Isabell saß nach ihrer Arbeit abholbereit auf ihrer Couch und wartete. Anni wollte unbedingt mit zu Ikea und weil keine der beiden Freundinnen ein Auto hatte, wurden kurzerhand Jenny und Tim „eingeladen", die beiden zu begleiten. Blöderweise war dann natürlich weniger Platz im Auto. Zum Glück fuhren Jenny und Tim aber einen Kombi.

Isabells Handy leuchtete mit einer Kurznachricht von Anni auf: „Wir sind in zwei Minuten da."

Um keine Zeit zu verlieren, griff sich Isabell sofort ihre Winterjacke und machte sich auf den Weg hinunter zur Haustür. Den Freunden würden maximal zwei Stunden Zeit bleiben, bis das Möbelhaus schloss. In dem Moment bog auch schon der graue Kombi in die Straße ein und hielt mit laufendem Motor am Straßenrand an.

„Bist du bereit für den ultimativen Isa-Möbelkauf?", begrüßte Tim sie grinsend, worauf Isabell mit einer schiefen Grimasse antwortete. Danach ernteten Anni und Jenny einen Kuss auf die Wange.

„Huuh, ist das schön warm bei euch", stellte Isabell fest und schnallte sich auf ihrem Sitz auf der Rückbank an.

„Und mit dir muss ich noch ein Hühnchen rupfen", sagte sie in Jennys Richtung, die nur mit einem Schulterzucken und einem breiten Grinsen antwortete.

Zwanzig Minuten später fuhren sie auf den hell erleuchteten Parkplatz des schwedischen Möbelhauses. Am Eingang wurden sie von leuchtenden Girlanden begrüßt und bereits der Eingangsbereich strotzte nur so vor weihnachtlichen Dekorationsartikeln.

„Ooooh, wie hübsch! Isa, schau mal!", rief Anni entzückt aus und hielt einen Stoffelch in die Höhe.

„Oooh, ist DER süß!", freute sich nun auch Jenny, während Tim übertrieben die Augen verdrehte und Isabell vielsagende Blicke zuwarf.

„Ich hätte es wissen müssen, ein Besuch im schwedischen Möbelhaus mit drei Frauen … oje!"

„Und diese Keksdose!", kreischte Jenny begeistert und hielt eine rot-weiße Blechdose mit Rentieren darauf in die Höhe. Isabell schaute von einer zur anderen und stöhnte laut.

„Jetzt tu mal nicht so, in zehn Tagen ist Weihnachten, da brauchst du doch eine Keksdose!", rügte Anni voller Ernst.

„Oh ja, da brauche ich UNBEDINGT eine Keksdose", erwiderte Isabell trocken. „Wer braucht schon Möbel, wenn er eine Keksdose haben kann?"

Anni tänzelte beschwingt auf Isabell zu und legte grinsend einen Arm um sie. „So ist es, und das wirst du auch noch erkennen!"

Tim räusperte sich hörbar. „Wenn ich eure weihnachtlichen Gefühlsausbrüche mal eben unterbrechen dürfte? Wir sollten vielleicht etwas draufhalten, wenn wir Isabells Einkaufsliste heute noch abarbeiten wollen."

Die Frauen nickten zustimmend. Doch es dauerte keine zwei Meter, bis Anni und Jenny wieder entzückt quietschten.

Drei Stunden später stellten die vier erschöpft die letzten Kisten und Tüten in Isabells Wohnung ab. Isabell hatte allerlei Kleinkram für ihre Küche und das Badezimmer gefunden, gemütliche Dekokissen und eine farblich passende rote Wolldecke für ihre Couch, einen passenden roten Teppich, einen Couchtisch, einen kleinen Holztisch mit zwei Stühlen für ihre Küche, ein Sideboard und ein tiefes Regal für den Fernseher. Dazu ein paar Pflanzen mit passenden Töpfen und weil Anni sie nicht zu Weihnachtsdekorationen überreden konnte, hatten sich die beiden zumindest auf Teelichter geeinigt.

„Und du möchtest das wirklich alles alleine aufbauen?", fragte Tim und sah sie ein wenig schuldbewusst an.

Isabell hatte die Hände in die Hüften gestemmt und nickte. „Jepp. Das pack ich alleine. Es muss ja nicht alles heute Abend fertig werden. Ihr dürft mich also gerne alleinlassen und müsst kein schlechtes Gewissen haben."

Die drei lächelten erleichtert. „Gut, dann packen wir's mal", ergriff Anni die Initiative.

Kaum waren Anni, Jenny und Tim zur Tür hinaus, klingelte es schon wieder. „Wer hat was vergessen?", rief sie amüsiert in den Hausflur. Doch statt ihrer Freunde stand ein anderes bekanntes Gesicht vor ihr.

„Bitte nicht weinen, ich sag dieses Mal auch nicht, wie der Blumenstrauß heißt!", sagte der gleiche Blumenlieferant, der schon vor drei Tagen bei ihr gewesen war. Zögerlich kam er näher und streckte ihr schnell den Strauß entgegen. Isabell schämte sich bei der Erinnerung an die letzte Begegnung erneut in Grund und Boden und wusste gar nicht, wo sie hinsehen sollte.

„Also, äh, jedenfalls ist der hier für Sie! Und hier ist die Karte dazu."

„Danke!", sagte Isabell aufrichtig und der Blumenlieferant lächelte erleichtert.

„Dann lass ich Sie mal mit dem ‚wilden, scharfen Verehrer' allein", sagte der Blumenlieferant feixend. Isabell schaute ihn mit großen Augen an und brachte ihn mit ihrem überforderten Gesichtsausdruck zum Lachen.

„War nur Spaß! Natürlich heißt er anders. Aber ich habe ja versprochen, es nicht zu verraten", gab er grinsend zu, worauf Isabell nicht anders konnte als mitzulachen.

„Gut, Sie lachen! Dann kann ich ja jetzt nach Hause gehen. Sie waren die Letzte auf der Liste für heute!" Damit drehte er sich um und ging.

Isabell stand grinsend im Türrahmen, bis ihr einfiel, dass sie ja gerade einen Blumenstrauß erhalten hatte. Neugierig öffnete sie den Umschlag und war gespannt, was Daniel sich dieses Mal Schmalziges hatte einfallen lassen.

„Liebe Isabell, als kleine Entschädigung, dass es mit dem Kongress nicht geklappt hat, und als zeitliche Überbrückung bis zum nächsten Wiedersehen übersende ich dir gerne diese Blumen mit den besten Grüßen. Johannes."

Oh nein, dachte Isabell und ließ den Kopf mit einem Schnaufen nach vorne fallen. Da hatte einer die Botschaft wohl wirklich nicht verstanden.

15. Dezember

Endlich Wochenende, dachte Isabell, als sie auf dem Heimweg war. An diesem Freitag hatte sie bereits mittags ihre Arbeit beendet und schlenderte von der Straßenbahn nach Hause. Die Menschen huschten geschäftig über die Bürgersteige und schleppten Tüten neben sich her. Isabell meinte zu spüren, dass das bevorstehende Weihnachtsfest nicht unschuldig an dieser Situation war. Weihnachten! Da fiel ihr wieder die Misere ein. Eigentlich hatte sie vorgehabt, den Heiligabend mit ihren Eltern zu feiern. Seit sie weggezogen waren, kamen sie jedes Jahr an Weihnachten zu Besuch und wohnten in der Zeit bei ihrem Onkel, der etwa eine halbe Stunde von Isabell entfernt wohnte. Doch beim Gedanken an Onkel Harald schüttelte es Isabell. Seine Frau Anu, eine kleine, engagierte Thailänderin, war zwar ganz lieb, doch Onkel Harald war mit seiner Diskutierfreude für Isabell schon seit jeher schwer zu ertragen gewesen. Seit Jahren feierte sie den Heiligabend nur ihren Eltern zuliebe dort. Aber alleine bei Onkel Harald und seiner Frau? Das war mit Sicherheit nicht Isabells Traumvorstellung von Weihnachten. Andererseits: Lust auf das „Fest der Liebe" hatte sie sowieso keine und die Aussicht, diesen Tag mutterseelenallein zu verbringen, schien ihr fast noch schlimmer als die Tatsache, bei Onkel Harald - bei Raclette und der jährlich abgespielten „Best of Christmas Songs"-CD - Weihnachten zu feiern. Aber das musste Isabell ja nicht heute entscheiden, beschloss sie und beobachtete, wie ein junges Paar mit einem etwa zweijährigen Mädchen vor einer Weihnachtsreklame stand und ihr eine abenteuerliche Weihnachtsgeschichte erzählte. Das Mädchen strahlte aufgeregt über das ganze Gesicht und spielte begeistert mit den Bommeln ihrer Mütze. Isabell lächelte den dreien zu und zog im gleichen Moment ihren Mantel enger um sich. Ein Schauer durchfuhr sie. Oder war es das Gefühl von Traurigkeit? Reiß dich zusammen, Isabell!, ermahnte sie sich und war froh, als sie endlich zu Hause angekommen war.

Im Hausflur wischte Frau Schneidewind gerade die Treppenstufen. „Ach, die Frau Zimmer!" Es klang eher wie eine Feststellung als eine Begrüßung.

Isabell nickte grüßend in ihre Richtung und machte große Schritte, um den frisch gewischten Boden nicht mehr dreckig zu machen als nötig.

„Na! Sie sind heute ja früh daheim?! Arbeiten Sie nicht Vollzeit?"

In Isabell grummelte es. Was bildete diese Schnepfe sich eigentlich ein?

„Doch, das tue ich. Aber wer viel arbeitet, darf auch mal früher nach Hause gehen."

„Soso! Der Hausflur wird hier übrigens regelmäßig geputzt – falls es Ihnen noch niemand gesagt hat!", ereiferte sie sich und stützte sich auf ihrem Wischmopp ab.

„Doch, Frau Schneidewind. Der Hausverwalter hat es mir gesagt. Allerdings weiß ich auch, dass es hier einen Putzplan gibt, und nach diesem Putzplan bin ich erst in der nächsten Woche mit der Hausordnung an der Reihe!"

Frau Schneidewinds Mund formte sich während Isabells Worten in einem Bogen nach unten.

„Aber Sie wissen schon, dass es unhöflich ist, nicht mal außer der Reihe zu putzen, besonders bei solch einem kalt-nassen Wetter und besonders dann, wenn so viele Menschen bei Ihnen ein- und ausgehen! Was machen die eigentlich alle bei Ihnen? Man hat ja den Eindruck, dass sie da oben eine Party nach der anderen feiern, bei dem ganzen Gepolter."

Isabell blieb die Luft weg. Sie wohnte gerade mal sechs Tage hier und feierte sicher keine Partys. Einen kurzen Moment sagte sie überhaupt nichts, sondern sah Frau Schneidewind mit einer Mischung aus Wut und Ratlosigkeit an. Dann beschloss sie, sich von der Alten nicht länger verarschen zu lassen. „Nun ja, wissen Sie", erklärte Isabell in einem aufgesetzt lieblichen Tonfall, „ich habe eben ein ausgeprägtes Sexualleben, und ehrlich gesagt feiere ich gerne mit mehreren Menschen sogenannte Orgien. Also falls es mal etwas lauter wird, sollten Sie besser nicht klingeln kommen, außer natürlich, Sie möchten gerne mitmachen. Wissen Sie, wir sind für alle Menschen offen, solange sie keine Kleidung tragen. Aber sagen Sie es bitte nicht weiter!"

Frau Schneidewind klappte die Kinnlade herunter. Überfordert griff die alte Frau nach ihrem Wischmopp.

„Nun denn, schönen Tag noch!", rief Isabell fröhlich und hüpfte die Treppenstufen hinauf.

16. Dezember

sabell stand im Schlafanzug am Küchenfenster und wartete auf das Blubbern des kochenden Wassers, das ihr signalisierte, dass der Wasserkocher das Wasser erhitzt hatte. Dann goss sie die sprudelnde Flüssigkeit in ihren neuen gläsernen Kaffeebereiter und drückte behutsam den Siebstempel nach unten. Die kleine Küche roch nun angenehm nach frischem Kaffee und Isabell freute sich auf die ersten Schlucke an diesem Morgen. Später wollte sie endlich die restlichen Möbel aufbauen und versuchen, ihrer Wohnung etwas mehr Gemütlichkeit zu verleihen. Doch gerade als sie die eingeschenkte Tasse zu den Lippen führen wollte, klingelte es an ihrer Wohnungstür. Herrgott, konnte sie nicht mal an einem Samstagmorgen ihre Ruhe haben? Wenigstens bis sie ihren Kaffee getrunken hatte?

Vor ihrer Wohnungstür stand ihr Hausverwalter. Nanu, was wollte der denn hier?

Der glatzköpfige Mann baute sich in Isabells Türrahmen auf. Schweißperlen standen auf seiner nackten, faltigen Stirn. Isabell wich einen Schritt zurück. „Herr Ludes!"

„Guten Morgen, Frau Zimmer!", sagte der Hausverwalter unfreundlich und schob sich an Isabell vorbei in ihre Wohnung. Der fiel in diesem Moment ein, dass sie noch immer im Schlafanzug war. „Wir müssen reden", erklärte er bestimmt und marschierte mit großen Schritten erst in die Küche und dann ins Wohnzimmer, wo er sich überall umsah, als glaubte er, Isabell würde jemanden verstecken. „Mir wurde etwas mitgeteilt, das hier in diesem Mietshaus unter meiner Aufsicht mit Sicherheit nicht geduldet wird", dozierte er weiter und schritt ins Badezimmer, um auch dort in jedes Eck zu schauen. Isabell reichte es langsam.

Sie stellte sich ihm in den Weg und Herr Ludes musterte sie von oben bis unten. „Ähem …" Ihr Auftreten, oder vielleicht war es auch ihr Schlafanzug, hatten ihn aus dem Konzept gebracht. „… was ich sagen wollte, ist Folgendes: Mir wurde zugetragen, dass Sie in dieser Wohnung, wie soll ich sagen …" Er suchte offenbar nach den richtigen Worten und fuchtelte dabei wild mit den Händen. „Sexorgien, ja, ähm, genau … also so etwas hier veranstalten! Und das, Frau Zimmer, kann ich nicht tolerieren!" Seine Stimme wurde mit jedem Wort lauter und aus dem Händefuchteln war eine geballte Faust mit einem herausgestreckten Zeigefinger geworden, den Herr Ludes in die Luft reckte.

Oh nein! Isabell griff sich an die Stirn. Der Schuss war ja mal richtig nach hinten losgegangen.

„Also, Herr Ludes, ich kann Ihnen versichern, dass es sich dabei um ein Missverständnis handelt. Wissen Sie, ich wollte die Frau Schneidewind einfach etwas ärgern, weil sie so vorwitzig war …", versuchte sie zu erklären, doch Herr Ludes sah sie nur skeptisch an.

„Ich hoffe für Sie, dass es sich um ein Missverständnis handelt, Frau Zimmer! Das hoffe ich. Aber nichtsdestotrotz möchte ich Sie hiermit abmahnen. Sollte mir etwas Derartiges nochmals zu Ohren kommen, werden wir das Mietverhältnis beenden müssen."

Isabell riss erschrocken die Augen auf. Mietverhältnis kündigen? Aber sie wohnte doch gerade erst eine Woche hier!

Als Herr Ludes mit noch mehr Schweiß auf der Stirn endlich ihre Wohnung verlassen hatte, schenkte sich Isabell eine frische Tasse Kaffee ein. Hörten die blöden Ereignisse denn gar nicht mehr auf?

Ihr Handy zeigte blinkend einen Nachrichteneingang an. „Mäuschen, Onkel Harald hat uns schon zweimal gefragt, ob du nun zu Weihnachten kommst. Sei so lieb und gib ihm mal Bescheid. Er würde sich sicherlich freuen", schrieb ihre Mutter.

Nicht auch noch das. Isabell hatte so gar keinen Nerv, sich auch noch über Onkel Harald Gedanken zu machen. „Mach ich!", tippte sie schnell zurück. Dann hatte sie eine Idee.

„Wo bist du dieses Jahr an Weihnachten?", schrieb sie eine Nachricht an Anni. Warum war sie nicht eher darauf gekommen? In Annis Familie war Isabell fast schon ein vollwertiges Mitglied. Allerdings wechselte auch diese Familie gerne den Ort der Feierlichkeiten, je nachdem, wer Gastgeber war.

Anni antwortete umgehend. „Leider bei Tante Zilly. Wieso?"

Ach du Scheiße, Tante Zilly war fast so nervtötend wie Onkel Harald. Das perfekte Doppel sozusagen. Das war die schlechteste aller Möglichkeiten in Bezug auf Annis Familie.

„Mama und Papa kommen nicht. Dachte, ich frag mal, was du machst. Aber Tante Zilly …", ließ Isabell den Satz unvollendet und schickte stattdessen ein grün angelaufenes Übelkeits-Smiley. „Oh nein, du Arme!", kam es von Anni zurück. „Du bist bei uns jederzeit willkommen, das weißt du!" Isabell nickte langsam vor sich hin. Ja, das wusste sie. Aber Tante Zilly war leider auch nicht die Lösung.

„Danke, beste Anni. Aber ich glaube, das passt dann doch nicht so … wärt ihr bei deinen Eltern gewesen, hätte ich es mir gerne überlegt. Aber so suche ich lieber nach einer anderen Möglichkeit…"

„Ich kann dich absolut verstehen. Würde ich auch, wenn ich nicht müsste und eine andere Option als Tante Zilly hätte." Anni schickte lachende Smileys sowie ein Zwinkersmiley hinterher.

Dann würde sie wohl doch noch einmal über Onkel Harald nachdenken müssen, wenn sie nicht alleine sein wollte.

17. Dezember

en ganzen Samstag und die halbe Nacht hatte Isabell gegrübelt und mit sich gerungen und war in den frühen Morgenstunden endlich zu einem Entschluss gekommen: Sie würde zu Onkel Harald fahren. Dann war sie zumindest bei einem Teil ihrer Familie und so schlimm konnte das ja wohl nicht sein, oder? Über das „Oder" hatte sie sich allerdings nicht weiter nachzudenken getraut. Stattdessen hielt sie nun ihr Handy in der Hand und lauschte dem Freizeichen.

„Hallo, Isabell! Naaa, alles fit im Schritt?", polterte Onkel Harald in den Apparat und Isabell verdrehte die Augen. Wie sie diese oberflächlichen Sprüche ihres Onkels hasste.

„Hallo, Onkel Harald", versuchte sie es freundlich. „Mama hat mir gesagt, dass ihr wegen eurer Planung wissen müsst, ob ich Weihnachten komme."

„Richtig, wir müssen ja fürs Raclette einkaufen. Wobei wir eigentlich schon mit dir gerechnet haben. Nur, weil deine Eltern nicht kommen, ist es ja noch lange kein Grund …"

„Ich komme ja auch!", unterbrach sie die Ansprache ihres Onkels.

„Alles klärchen mit den Flimmerhärchen! Dann sehen wir uns wie immer um 16 Uhr bei uns!"

„Ist gut, Onkel Harald. Grüß Anu von mir!" Da hatte Onkel Harald auch schon aufgelegt.

Isabell legte seufzend ihr Handy auf den Küchentisch, als sie etwas klopfen hörte. Wieder machte es „tock-tock" und es kam eindeutig aus der Richtung ihrer Wohnungstür. Nach dem nächsten „Tock-tock" öffnete sie die Tür und lief fast in zwei Blumensträuße hinein. Erschrocken wich sie zwei Schritte zurück.

„Huch! Tut mir leid! Ich wollte Sie nicht erschrecken. Aber die Tür unten war offen und da ich die Hände so voll habe, bin ich einfach hochgegangen", erklärte eine bekannte Stimme hinter den zwei riesigen Gebinden.

Isabell musste schmunzeln. Das konnte doch nicht wirklich schon wieder der Blumenlieferant sein?

„Schon okay, ich hab´s ja überlebt", meinte sie grinsend.

„Das ist schon mal gut", kam es scherzhaft zurück und der große Blumenberg sank nach unten und gab den Blick auf den Überbringer frei. Der grinste von einer Backe zur anderen.

„Also, eins muss ich Ihnen ja mal sagen. Ich hab echt noch nie so oft Blumen zu jemandem gebracht wie zu Ihnen. Außer vielleicht an runden Geburtstagen, aber

92

selbst dann nicht über zwei Wochen, sondern an einem Tag, oder wenn´s jemand vergessen hat auch mal an zwei. Sagen Sie jeder Verabredung, dass Sie Blumen lieben, oder wie geht so etwas?"

Isabell zuckte grinsend mit den Schultern. „Ich mag zwar Blumen, aber gewünscht hab ich mir eigentlich keine. Und ehrlich gesagt lege ich derzeit keinen großen Wert darauf."

Zweifelnd sah er sie an. „Sieht ja nicht so aus. Die sind übrigens beide für Sie. Da muss sich wohl einer bei der Bestellung vertan haben und versehentlich zwei Mal den gleichen Strauß bestellt haben … verrückt!", sagte er und schüttelte lachend den Kopf, während er Isabell die beiden Sträuße in die Arme legte.

„Dankeschön, Herr … ähm", Isabell versuchte über die beiden Sträuße hinweg das Namensschild an seinem Jackett zu erkennen.

„Ich bin Sebastian! So oft, wie wir uns nun schon gesehen haben, können Sie gerne du zu mir sagen. Oder einfach Bastian!", meinte er mit einem verschmitzten Lächeln.

„Danke, Bastian! Dann bin ich Isabell, aber du kannst gerne Isa zu mir sagen."

„Na dann, Isa, wünsche ich dir noch einen schönen Sonntag!"

„Danke, dir auch!"

Die beiden standen sich einen Moment grinsend gegenüber. Dann machte es mal wieder „dröööt".

„Wie im Taubenschlag", flüsterte Isabell und Sebastian hob die Hand. „Bis zum nächsten Mal, Isa!"

Während Isabell den Türöffner drückte, hüpfte Sebastian fröhlich die Stufen herunter und nur wenige Sekunden später nahm Anni die letzten Stufen hinauf.

„Ey, Isa, was war denn das für ein Zuckerstück? Mit so einem würde ich auch gerne mal …"

„Sccchhht!", machte Isabell erschrocken. „Nicht so laut! Die meinen hier schon, wir würden Orgien feiern!"

„Orgien? Du meinst so richtig mit hemmungslosem …"

„Anni! Hör auf zu reden! Ich wurde gestern schon abgemahnt."

Anni schaute ihre Freundin erschrocken an. „Du musst mir unbedingt alles erzählen. Aber sag mal, Isa? Was hast du eigentlich mit diesen ganzen Blumen vor?"

18. Dezember

Das einzig Positive an diesem Montag war, dass es der letzte für dieses Jahr war, an dem Isabell arbeiten musste. Nur noch heute, morgen und übermorgen, motivierte sie sich selbst, während sie noch schnell ihre benutzte Kaffeetasse spülte, bevor sie sich auf den Weg zur Arbeit machte. Ab Donnerstag würde endlich ihr wohlverdienter Weihnachtsurlaub beginnen. Als sie das Geschirrhandtuch beiseitelegte, blieb ihr Blick an den beiden Karten hängen, die noch auf dem kleinen Esstisch neben den Sträußen lagen. Trotz allen Frusts hatte Isabell die Blumen nicht wegschmeißen können. Sie waren ja trotzdem wunderschön und konnten schließlich nichts für ihre Absender. Allerdings war der kleine Esstisch nun beinahe voll.

Isabell musste auch heute noch den Kopf schütteln, als sie die beiden Karten nebeneinander hielt und die Texte verglich, denn entgegen Sebastians Glaube steckten zwei verschiedene Absender hinter der Lieferung.

Daniel hatte sich erneut mit Schmalz verausgabt. „Babe! Ohne dich ist die Weihnachtszeit keine Weihnachtszeit! Ich vermisse dich und hoffe, du gibst uns eine zweite Chance! Dein dich noch immer abgöttisch liebender Daniel." Da musste Isabell doch direkt wieder den Würgereiz unterdrücken. Aber mit einem hatte er zumindest recht: Weihnachten war auch für sie in diesem Jahr versaut. Im klaren Kontrast dazu stand die andere Karte.

„Liebe Isabell! Der Kongress war sehr informativ. Schade, dass du nicht dabei sein konntest. Nach Weihnachten werde ich eine äußerst interessante Fachtagung zum Thema ‚Energieeffiziente Beleuchtung an Bürogebäuden' (wirklich super-aufschlussreich!) aufsuchen und würde mich freuen, wenn du zu diesem besonderen Anlass meine Begleitung wärst! Bis dahin sende ich dir blumige Grüße und ein schönes Weihnachtsfest, Johannes."

Tja, nun, bei solch netten Sätzen fehlten Isabell glatt die Worte und sie musste haarscharf nachdenken, wie lange sie schon zu solch einer „äußerst interessanten" Fachtagung gehen wollte. Nach sehr kurzer Überlegung kam sie drauf: nie! Sie musste Johannes wirklich schleunigst und doch schonend beibringen, dass er einfach nicht ihr Typ war und es nicht weiter zu probieren brauchte. Schließlich war es ja trotzdem nett von ihm gemeint und ihn hinzuhalten war irgendwie auch nicht fair.

Grübelnd legte Isabell die Karten wieder weg und griff zum Handy. Nicht unbedingt die feine Art, so etwas

96

per Kurznachricht zu klären, aber andererseits hatte Isabell nie um seine Aufmerksamkeit gebeten.

„Hallo, Johannes!", tippte sie. „Vielen Dank für deine Blumen. Die sind wirklich sehr hübsch. Versteh mich bitte nicht falsch, aber ich hab im Moment einfach keinen Kopf für solche Sachen, Dates und so …" Und mit dir schon gar nicht, fügte sie in Gedanken hinzu. „Vielleicht solltest du deine Energie", Isabell schmunzelte, diese Doppeldeutigkeit passte nun tatsächlich zu Johannes, „besser für eine andere nette Frau aufheben. Du findest sicherlich deinen passenden Gegenpol. Alles Gute, Isabell"

Wenn das mal nicht kreativ war. Ehrlich, aber nicht beleidigend. Das musste er einfach verstehen. Isabell drückte auf „Senden".

Jetzt musste sie sich aber unbedingt auf den Weg zur Arbeit machen. Hastig schlüpfte sie in ihre warme Jacke, schmiss sich ihre Handtasche über die rechte Schulter, machte das Licht hinter sich aus und zog die Wohnungstür ins Schloss.

Auf der Straße atmete Isabell langsam die eiskalte Luft ein. Es war noch dunkel und hinter der Gardine von Frau Schneidewind zeichnete sich deren Silhouette ab. „Noch zu blöd, um beim Spionieren das Licht auszumachen!", schimpfte Isabell leise vor sich hin und machte sich auf den Weg zur Straßenbahn.

In ihrer Handtasche vibrierte es. Mit einer Hand kramte sie nach dem Handy. Johannes. Während sie weiterging, überflog sie seine Nachricht und konnte kaum glauben, was sie da las: „Mach dir keine Sorgen, Isabell. Ich kann warten. Oder wie schon Albert Einstein sagte: ‚Zeit ist relativ'."

19. Dezember

Isabell setzte gerade eine Kanne Tee auf, als das Klingeln ihr verriet, dass Anni da war. Ihre Freundin hatte sich am Vormittag mit einer geheimnisvollen Nachricht gemeldet, in der stand, dass sie eine Überraschung habe und unbedingt am Abend vorbeikommen müsse. Um welche Art von Überraschung es sich handelte, darüber ließ sie Isabell im Unklaren. Umso mehr staunte diese nun, als Anni mit einem vollgepackten Wäschekorb, der mit einem Tischtuch abgedeckt war, vor ihr stand.

„Herrgott, Anni. Was hast du denn da?"

„Das siehst du gleich!", meinte Anni, lachte verschmitzt und drückte Isabell zur Begrüßung ein Küsschen auf die Wange.

„Was riecht denn hier so?", wollte Anni wissen und stellte ihren Korb auf dem Boden im Wohnzimmer ab.

„Na, ich hab uns eine Kanne Tee aufgesetzt."

„Isa!" Anni stemmte die Arme in die Hüfte. „Wer braucht denn, bitteschön, Tee, wenn er Hugo haben kann?" Sie griff unter das Küchentuch über dem Wäschekorb und zauberte eine Flasche Hugo darunter hervor.

„Oooohh", Isabell stöhnte übertrieben laut auf und lachte. „Anni, wir können doch nicht nur Alkohol trinken. Haben wir überhaupt einen Anlass für Hugo?"

„Seit wann brauchen wir einen Anlass?"

„Stimmt auch wieder", entgegnete Isabell grinsend.

„Aber wenn du unbedingt einen Anlass brauchst, dann trinken wir auf Johannes!"

„Johannes?" Isabell sah Anni erschrocken an. „Das ist der Vorletzte, auf den ich trinken möchte."

„Hast du es ihm immer noch nicht klarmachen können?", wollte Anni amüsiert wissen.

Isabell schüttelte verzweifelt den Kopf. „Ich glaube, der will das gar nicht verstehen."

„Und du willst ihm nicht mal eine Chance geben?"

Isabell machte große Augen. „Ernsthaft? Also, mal wirklich ganz abgesehen davon, dass ich mich niemals in Johannes verlieben könnte, hab ich doch jetzt wirklich mal eine Pause von der Liebe verdient!"

Das wenigstens schien Anni einzuleuchten. „Gut! Dann trinken wir eben … auf Weihnachten!", quietschte sie euphorisch und Isabell schlug die Hände vor die Augen und stöhnte laut.

„Mensch, Isa, dir kann man es aber auch nicht rechtmachen!", neckte Anni ihre Freundin und fuhr fort: „Aber wo wir gerade beim Thema sind. Ich hab mir gedacht … also, weil deine Eltern ja nicht kommen und du die nächsten Tage - abgesehen vom suppi-duppi-Onkel Harald und seiner Anu – etwas alleine bist …"

„Auf was willst du hinaus?" Isabell warf Anni einen strengen Blick zu.

„… na, da habe ich mir gedacht, dass du es wenigstens in deinem neuen Zuhause weihnachtlich haben sollst!" Anni stellte die Hugoflasche wieder ab und zog mit einem dramatischen Ruck das Tischtuch vom Wäschekorb.

„Ist nicht wahr!", murmelte Isabell und blickte geschockt auf das Weihnachtsarsenal, das Anni in diesen Korb verfrachtet hatte.

„Toll, nicht wahr!", rief Anni stolz aus und begann augenblicklich, den Korbinhalt auf dem Boden auszubreiten.

Isabell sah kopfschüttelnd dabei zu, wie Anni immer mehr zutage förderte und dabei fröhlich „We wish you a merry Christmas" summte.

„Ähm, Anni. Sorry, wenn ich dich unterbreche, aber du hast schon verstanden, dass ich dieses Jahr so überhaupt nicht in Weihnachtsstimmung bin, oder?", fragte Isabell leise und mit monotoner Stimme.

„Oh doch, das habe ich sehr wohl verstanden. Und ehrlich gesagt wundert mich das kein bisschen, wenn man sich deine Wohnung mal anschaut. Aber lass mich mal machen!", konterte Anni und sah Isabell fröhlich an. „Mann, Isa, jetzt zieh mal nicht so ein Gesicht.

Mach uns lieber die Flasche auf und schenk uns von dem guten Saft ein!"

Isabell gehorchte und marschierte mit der Flasche in die Küche. Gegen Annis Tatendrang hatte sie sowieso keine Chance. Mit zwei vollen Gläsern kehrte sie kurz darauf in ihr Wohnzimmer zurück und setzte sich wie ein Besucher auf ihre eigene Couch.

Anni wirbelte unterdessen quer durchs Wohnzimmer, dekorierte die Fensterbank mit braunen, bauchigen Gläsern mit Sternchen-Motiven, in die sie Teelichter plumpsen ließ, brachte eine Lichterkette am Fenster an und umwickelte den Fuß des Fernsehers mit einer roten Glitzergirlande.

„Denkst du nicht, es reicht langsam?"

Anni hielt mitten in der Bewegung inne und sah sich um. „Also, eigentlich: nein, denke ich nicht!" Und ihre Hände verschwanden schon wieder im Wäschekorb.

„Hier! Kann ja nicht sein, dass man den Tee in diesem Haushalt nur aus einer einzigen Weihnachtstasse bekommt!" Anni hielt Isabell zwei Tassen mit einem rot-weißen „Merry Christmas"-Schriftzug entgegen. Isabell seufzte. „Und dabei willst du den Tee, den ich uns gekocht habe, nicht mal trinken!"

Anni grinste zur Antwort frech und zog zwei hölzerne Eisbären und eine Kunststoffgirlande hervor. Die drapierte sie auf einem silbernen Blechteller auf ihrem Couchtisch und setzte die Eisbären in die Mitte. „Hach, wie schön!", seufzte sie zufrieden. Dann förderte sie eine weitere Girlande mit integrierter Lichterkette zutage und Isabell schüttelte fassungslos den Kopf. „Was hast du mit diesem riesigen Ding von Girlande vor, Anni?", fragte Isabell streng.

Doch Anni sprang nur begeistert auf und legte den Zeigefinger auf die Lippen. „Schcchhht, gedulde dich halt mal!"

Dann tänzelte sie zur Balkontür, öffnete sie, band die Girlande an das Balkongeländer und stellte mit einem glückseligen Lächeln die batteriebetriebene Lichterkette an.

„Brrr, ist das kalt draußen!", bemerkte sie beim Hereinkommen und blieb mitten im Wohnzimmer stehen. Entzückt sah sie sich um.

„So, Isa, ich würde sagen: Jetzt bin ich fertig!"

Isabell setzte ein gespielt schockiertes Gesicht auf. Zu ihrem eigenen Ärger musste sie dann doch zugeben, dass Anni ganze, wenn auch weihnachtliche, Arbeit geleistet hatte.

„Nun denn …", setzte Isabell gerade an, da unterbrach sie ein lautes und sehr energisches Klopfen an der Wohnungstür.

„Wenn das die ist, die ich vermute, dann gnade ihr …", presste Isabell zwischen zusammengebissenen Zähnen heraus. Doch als sie die Wohnungstür öffnete, blickte sie nicht in das Gesicht ihrer liebreizenden Nachbarin aus dem Untergeschoss, sondern in das eines langhaarigen Enddreißigers mit Sonnenstudio-Teint.

„Hey", begrüßte er sie und lehnt sich lässig gegen den Türrahmen. „Ich wohne eins über dir und mir ist hier im Haus so ein Gerücht zu Ohren gekommen …", holte er aus.

Isabell sah ihn nur perplex an.

„Jedenfalls …", fuhr er unbeirrt fort. „… falls ihr noch einen Mitspieler braucht, sag Bescheid. Ich kann auch noch `nen Kumpel mitbringen."

„Was für ein Mitspieler?" Isabell verstand kein Wort.

Der Nachbar strich sich eine lange Haarsträhne aus dem Gesicht und fuhr sich lässig über den Hinterkopf. „Na hier … Gang Bang … und so …!", erwiderte er und machte seltsame Bewegungen mit der Hüfte.

Da fiel es Isabell wie Schuppen von den Augen und während sie Anni im Hintergrund lachen hörte, stieg ihr die Röte ins Gesicht. Wohnten in diesem Haus eigentlich nur Verrückte?

20. Dezember

N ie hätte Isabell vermutet, dass es einen Tag geben würde, an dem ihr Anke Zinßmeister noch als eine der unspektakuläreren Personen vorkommen würde. Doch nach den letzten Tagen mit einer aufdringlichen Nachbarin, einem liebestollen Doktor, einem schwitzenden und unfreundlichen Hausverwalter, einem Nachbarn, der auf Sexorgien stand und nicht zuletzt Daniel mit seinen Blumensträußen, kam ihr die Schimpfmeister fast schon bescheiden langweilig vor.

Von ihrem Arbeitsplatz aus beobachtete Isabell Anke Zinßmeister dabei, wie sie für den Weihnachtsumtrunk alles in dem offenen Büro auf einem kleinen Stehtisch neben der Kaffeemaschine vorbereitete.

Die ganze Firma verabschiedete sich heute in den Weihnachtsurlaub und seit einigen Jahren trafen sich alle stets am Mittag des letzten Arbeitstages und stießen zusammen auf Weihnachten und das zurückliegende Jahr an.

„Schau dir das an, jetzt rückt sie wieder die Häppchen zurecht …", raunte ihr Kollegin Iris leise zu und deutete mit dem Kopf in Richtung Schimpfmeister.

„Hast du etwas anderes erwartet?", flüsterte Isabell amüsiert zurück. Das machte die olle Schimpfmeister schließlich jedes Jahr. Erst Häppchen beim Partyservice bestellen und sie anschließend neu anordnen. Nur – warum sie das tat, das wusste niemand.

Hochkonzentriert faltete sie anschließend die Servietten.

Isabell schloss ihr Programm, ordnete ihre Unterlagen ordentlich auf dem Schreibtisch an und fuhr den Computer herunter. Ihre Arbeit hatte sie urlaubstauglich abgearbeitet und es konnte sich nur noch um Minuten handeln, bis die Verabschiedungsrunde eröffnet wurde. Und tatsächlich: Kaum wurde der Bildschirm vor ihren Augen schwarz, klatschte die Schimpfmeister in die Hände.

„So, können wir dann bitte?!", rief sie und es klang eher nach einem Befehl als nach einer Frage.

Chef und Chefin kamen wie auf Kommando aus ihrem Gemeinschaftsbüro. Die drei Elektriker aus der Werkstatt betraten ebenfalls die Räumlichkeiten. Offenbar hatte sie ihr Chef direkt telefonisch informiert.

Die Schimpfmeister verteilte geschäftig die gefüllten Sektgläser. Dann folgte die obligatorische Weihnachtsrede ihres Chefs.

Isabell hörte nur mit halbem Ohr zu, gedanklich war sie bereits im Urlaub. Sie würde sich noch heute Nachmittag auf die Couch legen und einfach mal gar nichts machen. Die Aufforderung, anzustoßen, riss sie aus ihren Gedanken.

Dann standen alle beieinander und griffen nach den Häppchen. Isabell lauschte kauend dem Gespräch zwischen Iris und einem der Monteure, in dem es natürlich um Weihnachten ging.

„Ganz richtig!", mischte sich nun auch die Schimpfmeister ein. „Der Heilige Abend gehört der Familie und niemandem sonst. Insofern man eine hat", fügte sie ein wenig leiser hinzu und hielt einen ganz kurzen Moment inne. Dann wurde sie wieder laut: „Oder wie machen wir das in diesem Jahr?", wollte sie neugierig wissen, und Isabell brauchte einen Moment, um zu realisieren, dass sie sie damit meinte.

„Familie, ganz genau", murmelte Isabell kleinlaut. Von Onkel Harald musste sie nun wirklich nicht erzählen.

„Nun ja, dann haben wir ja Glück gehabt", kommentierte die Schimpfmeister spitz. „So frisch getrennt soll das Weihnachtsfest ja eine Bürde sein."

Isabell zog die Augenbrauen hoch. „So? Soll es das? Erzählen Sie doch mal, Frau Zinßmeister!"

Diese griff verlegen zur Sektflasche und schenkte sich wortlos nach.

„Ach, wissen Sie was, schenken Sie mir doch auch gleich noch ein!", schlug Isabell vor und hielt ihr das Sektglas entgegen.

Dreißig Minuten später verließ Isabell mit etwas wackeligen Beinen das Büro. Das war vielleicht doch etwas zu viel Sekt gewesen. Aber egal. Nun hatte sie endlich Urlaub und genau das wollte sie ab jetzt genießen.

Leider hatte sich ausgerechnet die Schimpfmeister an sie drangehängt und schlurfte an ihrer Seite deprimiert zur Straßenbahn. Alkohol schien auch ihr nicht gutzutun, auf eine ganz unschöne und traurige Art und Weise. Schweigend gingen sie nebeneinander her, bis die Schimpfmeister plötzlich stolperte und Isabell sie gerade noch vor einem Sturz auf den Asphalt bewahren konnte.

„Äh, Frau Zinßmeister, soll ich vielleicht jemanden anrufen, der Sie abholt?", schlug Isabell vor. Doch Anke Zinßmeister reagierte nicht. „Frau Zinßmeister?", wiederholte Isabell und versuchte, ihrer Kollegin, die gebückt neben ihr stand, in die Augen zu sehen.

Erst da sah sie, dass Anke Zinßmeister weinte. Erschrocken und überfordert zugleich wich Isabell einen kleinen Schritt zurück. Was ging denn da vor?

„Äh, Frau Zinßmeister. Ich möchte Ihnen nicht zu nahe treten, aber wenn Sie mir eine Telefonnummer geben, dann würde ich direkt jemanden für Sie …"

Hektisch schüttelte diese ihren Kopf und ruderte mit den Armen. „Es würde mir aber wirklich keine Umstände machen", versuchte es Isabell erneut. Anke Zinßmeister wurde jedoch nur noch hektischer.

Isabell griff nach ihrem Handy und hielt es abwartend in die Höhe. „Sehen Sie, es wäre wirklich kein Problem."

Anke Zinßmeister antwortete flüsternd, aber Isabell verstand kein einziges Wort.

„Äh, wie bitte? Ich habe Sie echt nicht verstanden.

„… niemanden anrufen", verstand sie endlich, wenn auch undeutlich.

Anke Zinßmeister fuhr kaum hörbar fort: „Es gibt keinen. Ich bin alleine."

Isabell hielt erschrocken die Luft an. „Auch keine Bekannten, Verwandten? Oder Kinder?", fragte sie vorsichtig.

Die Zinßmeister schüttelte den Kopf. „Seit 20 Jahren mutterseelenallein."

Isabell wusste gar nicht, was sie dazu sagen sollte. Erschüttert schaute sie ihre Kollegin an.

„Oh nein, Frau Zinßmeister. Das tut mir wirklich sehr leid für Sie."

Anke Zinßmeister schniefte und seufzte. „Er hat mich damals verlassen, weil wir keine Kinder bekommen konnten. Darum … nur darum … verrückt, oder?", gab sie zu und wirkte plötzlich nicht mehr wie die gehässige

Kollegin. Vielmehr wurde Isabell Einiges an ihrem Verhalten klar.

Vielleicht wird man so, wenn man Derartiges erlebt hat, überlegte Isabell. Denn das erklärte auch den Kontrollzwang – etwa bei den Häppchen oder auch sonst bei der Arbeit, wenn die Zinßmeister alles zu überwachen versuchte, ging Isabell durch den Kopf. Bloß nicht die Kontrolle über das eigene Tun aus den Händen geben.

Das laute Schnäuzen von Anke Zinßmeister riss Isabell aus ihren Gedanken.

„Wenn es Sie beruhigt, ich verbringe die Weihnachtstage dieses Jahr auch alleine. Wir sitzen also im gleichen Boot", versuchte Isabell zu ermutigen und hakte sich kurzerhand bei ihr unter.

Anke Zinßmeister bemühte sich um ein tapferes Lächeln und ließ es wortlos geschehen. Die beiden Frauen gingen schweigend weiter. An der Straßenbahnhaltestelle blieben sie stehen.

„Kann ich Sie ab hier alleine lassen?"

Anke Zinßmeister hatte sich wieder beruhigt und nickte verlegen. „Sicher, ich komme klar."

„Gut!", meinte Isabell und legte ihr zum Abschied eine Hand auf die Schulter. „Auch wenn wir sonst nicht die besten Kolleginnen sind, so wünsche ich Ihnen wirklich ein angenehmes Weihnachtsfest!"

„Ihnen auch!", sagte Anke Zinßmeister aufrichtig.

Während Isabell zu ihrer Haltestelle auf der anderen Seite ging, fiel ihr etwas auf: Anke Zinßmeister hatte sie doch eben wirklich gesiezt.

Gedankenverloren ging Isabell den Steg ihrer Haltestelle entlang. Erst als es neben ihr laut hupte, bemerkte sie, dass ein Auto gleich auf der Fahrbahn neben ihr mit laufendem Motor angehalten hatte. Isabell beobachtete verwundert, wie das Fenster automatisch herunterging. „Hey, Isa!", hörte sie die fröhliche Stimme von Sebastian.

„Hey!", antwortete Isabell und ihr Herz machte einen kleinen Hüpfer. „Sag jetzt ja nicht, dass du wieder Blumen für mich hast?", fragte sie und musste sich dabei etwas herunterbeugen, um Sebastian über den Beifahrersitz hinweg zu sehen.

Der schüttelte lachend den Kopf. „Nee, tut mir leid, ich habe heute leider keine Rose für dich!", imitierte Sebastian ein Fernsehformat und Isabell kicherte. „Das ist aber schade!", entgegnete Isabell.

„Dafür, dass du …", Sebastian nahm die Hände vom Steuer und machte Anführungszeichen in der Luft, "… derzeit keinen großen Wert darauf legst, machst du aber ein ganz schön betrübtes Gesicht."

„Es kommt eben immer noch drauf an, von wem sie kommen", stellte Isabell fröhlich richtig und Sebastian nickte bei ihren Worten lachend. „So ist das also!? Soll ich dich trotzdem mitnehmen?"

„Danke, das ist lieb, aber ich glaube, mir tut die frische Luft gerade ganz gut."

Das Auto hinter Sebastian hupte und er verzog das Gesicht. „Okay, dann mach ich mal, dass ich weiterkomme, ich hab hier schließlich noch Blumen auszuliefern. Tschüss, Isa!", rief er fröhlich und fuhr los.

Isabell schaute dem Auto hinterher, bis es um die Ecke verschwunden war. Mit einem Schlag war die Fröhlichkeit wieder verschwunden. Sie war doch nicht wirklich traurig, weil sie keine Blumen bekam? Bestimmt lag es an dem Gespräch mit ihrer Kollegin, das Isabell seltsamerweise sehr naheging, oder?

21. Dezember

In einen langen, gemütlichen Winterpulli und ihre Jogginghose gekuschelt, stand Isabell vor ihrer Balkontür im Wohnzimmer. Ihre Tasse Kaffee hielt sie mit beiden Händen umschlossen, während sie durch die Glasscheiben das Treiben unten auf der Straße beobachtete. Sie wollte ihren ersten Urlaubstag so richtig gemütlich angehen, darum hatte sie lange ausgeschlafen und ließ sich nun Zeit, richtig wach zu werden. In einer Sache musste sie Anni nun recht geben, ihre weihnachtliche Dekoration machte es wirklich etwas heimeliger. Und weil das ja schließlich das Motto des Tages war, hatte Isabell sogar die Kerzchen im Wohnzimmer angezündet.

„Na gut", meinte sie zu sich selbst. „Dann mach ich das Ding eben auch noch an." Vorsichtig stellte sie ihre Tasse auf der Fensterbank ab, öffnete die Balkontür und trat in ihren Socken auf Zehenspitzen auf den Balkon. Isabell atmete die kalte Luft tief ein. Irgendwie tat das sogar gut. Mit einem leisen Klick ging die Lichterkette an der Girlande an und Isabell bemerkte etwas Nasses von oben. Es schneite.

Immer noch auf Zehenspitzen trippelte sie zurück ins Wohnzimmer, schloss die Tür und sah hinaus, wo sich auf der Lichterkette dicke Schneeflocken ansammelten.

Isabell verschränkte die Arme schützend vor sich und musste sich eingestehen, dass die Weihnachtszeit vielleicht doch nicht so übel war.

Eine Stunde später hatte sie es immerhin auf die Couch geschafft, wo sie sich in ihre Wolldecke eingekuschelt hatte und endlich ihr neues Buch zu lesen begann. Doch sie kam nur zehn Seiten weit, da wurde sie durch das Eintreffen einer Nachricht auf dem Handy abgelenkt.

Isabell musste beim Anblick des Bildes, das sich gerade vor ihren Augen zeigte, kichern. Es zeigte ihren Vater, wie er auf dem Krankenhausbett saß und strahlend den Daumen nach oben reckte, während neben ihm eine Schachtel Pizza auf dem Nachttisch lag.

Naja, warum auch nicht?, dachte Isabell. Wenn man schon vor Weihnachten operiert wurde, dann durfte man es sich nach der Operation wenigstens gutgehen lassen.

Isabell machte mit ausgestrecktem Arm von oben ein Foto von sich und ihrem Buch auf der Couch und schickte es als Antwort zurück. Dann legte sie das Handy beiseite und startete einen neuen Versuch, ihr Buch zu lesen. Doch schon nach weiteren zwei Seiten störte ein bekanntes „Drööööt" die Ruhe. Isabell seufzte. Wer wollte denn jetzt schon wieder etwas von ihr?

„Da scheint jemand deinen Wunsch erhört zu haben", sagte Sebastian noch vor einer Begrüßung und hielt

Isabell einen kleineren, aber bildhübschen Strauß in zart aufeinander abgestimmten Beerenfarben unter die Nase.

„Is´ nicht wahr!", entgegnete Isabell erstaunt und musterte erfreut den Blumenstrauß, den ihr Sebastian sogleich in die Hände drückte. Irgendwie schien er heute etwas verlegen zu sein.

„Der ist ja hübsch!", murmelte Isabell und Sebastian bestätigte das mit einem Nicken.

„Das stimmt. Ich hab dir ja versprochen, dir nicht mehr zu verraten, wie der Strauß heißt, aber so viel kann ich dir verraten, da hat sich jemand echt Gedanken gemacht!"

Isabell schnaubte verächtlich. „Naja, wer weiß. Ob er bleiben darf oder im Mülleimer wohnen muss, entscheide ich noch."

Sebastian schaute sie erschrocken an. „Das wäre aber traurig für die schönen Blümchen."

„Das stimmt, aber sag mal", wechselte sie galant das Thema, „bist du eigentlich rund um die Uhr am Arbeiten?"

Sebastian zuckte mit den Schultern. „Och, naja, ist ja bald Weihnachten, da ist eben Einiges zu tun. Und apropos", er warf einen Blick auf seine Armbanduhr, „ich muss dann auch mal weiter, dann schaff ich es heute vielleicht sogar, früh Feierabend zu machen.

Tschüss, Isa!", sagte er herzlich und sah sie aufrichtig an.

„Tschüss, Bastian!", entgegnete Isabell, hielt seinem Blick stand und lächelte.

 Dann drehte sich Sebastian ohne ein weiteres Wort um und hüpfte wie immer die Treppenstufen herunter.

Isabell ging mit ihrem Blumenstrauß ins Wohnzimmer. „Wollen wir doch mal sehen, wer …", mumelte sie. „… nanu, da ist ja gar keine Karte dabei!"

22. Dezember

An diesem Freitagmorgen war in der Innenstadt die Hölle los und so zwängte sich Isabell durch die Massen an Menschen, die scheinbar alle an diesem Tag ihre Weihnachtsgeschenke kaufen mussten. Da wunderte sie sich sogar über sich selbst. Wie schaffte sie es, nicht die Nerven zu verlieren? Weit davon entfernt war sie zwar nicht, aber sie konnte ja unmöglich am Heiligabend zu Onkel Harald und Anu fahren, ohne ein Geschenk mitzubringen. Auch wenn die beiden selbst keine originellen Schenker waren.

Im Vorjahr beispielsweise hatten sie Isabell und Daniel ein Mühle-Spiel im praktischen Reiseformat geschenkt. Vor zwei Jahren Badeschaum mit Rosenduft und im Jahr davor hatte Anu stricken gelernt und darum hatte es für jeden selbstgestrickte Ohrenwärmer gegeben, mit denen man sich unmöglich vor die Haustür trauen konnte. Isabell hatte sich darum die letzten Tage den Kopf darüber zerbrochen, was sie den beiden schenken konnte, und war heute Morgen schließlich zu einem Ergebnis gekommen: eine farbenwechselnde Stimmungsleuchte. Das brauchte grundsätzlich kein Mensch, aber Anu würde trotzdem hin und weg sein. Und Onkel Harald, dem war es sowieso egal, wenn die Wohnung im Kitsch unterging.

Im Elektronikmarkt fand sie glücklicherweise sofort das Richtige und so machte sich Isabell schnell wieder auf den Heimweg. Auf dem Weg zur Straßenbahn kam sie an einer kleinen Bäckerei vorbei.

Isabell beschloss spontan, sich noch ein Stückchen Kuchen für den Nachmittag mitzunehmen. Beim Öffnen der weihnachtlich dekorierten Holztür erklang ein helles Glöckchen, das an der Tür befestigt war. Isabell betrachtete fasziniert die kleine und sehr liebevoll eingerichtete Bäckerei mit einen aus wenigen Stühlen und Tischen bestehenden Sitzbereich. Jeder Tisch war weihnachtlich mit Zweigen und kleinen Christbaumkugeln dekoriert. An der Theke hatte sich eine kleine Schlange gebildet und es roch angenehm nach Zimt und gebackenen Speisen.

Isabell freute sich, dass sie diesen kleinen Laden für sich entdeckt hatte. Während sie sich anstellte und sich zwischen Zimtschnecke und Schokotorte zu entscheiden versuchte, spürte sie ihr Handy in ihrer Umhängetasche vibrieren. Sie angelte danach und warf einen Blick aufs Display. Ein verpasster Anruf von Onkel Harald und eine Kurznachricht. Von Daniel.

Isabells Laune schlug um und ohne zu wissen, was er schon wieder von ihr wollte, war sie genervt.

„Hast du darüber nachgedacht?", hatte Daniel geschrieben, mehr nicht. Keine Bildchen, keine Smileys, keine weiteren Worte.

„Worüber genau?", stellte sich Isabell dumm und wusste, dass er sich darüber ärgern würde. Der Gedanke gefiel ihr.

„Uns? Ein Treffen? REDEN?", kam es prompt zurück und einen Moment später: „Weil ich dich doch liebe!"

Isabell spürte einen kleinen Stich und ärgerte sich. Warum musste es immer noch etwas wehtun? Sie holte zum Gegenangriff aus, auch in der Hoffnung, dass es ihr eigener Verstand endlich begriff. „Daniel, zum letzten Mal: kein ‚Uns', kein Treffen, kein Reden!"

Einen Moment geschah nichts. Dann kam nur ein einziges Wort zurück: „Gut."

„Junge Frau?", hörte Isabell entfernt und sah auf. „Was darf es für Sie sein?", fragte eine der Verkäuferinnen höflich.

Als Isabell die Bäckerei verließ, drückte sie die Rückruftaste. Irgendwas musste Onkel Harald ja gewollt haben. „Isabell!", rief dieser ins Telefon. „Gut, dass du zurückrufst. Wir haben hier ein Problem. Quasi Panik auf der Titanic." Isabell verstand kein Wort.

„Hallo, Onkel Harald", antwortete sie zögerlich. „Was ist passiert?"

„Also, weißt du, Isabell. Es gibt da so ein Problem mit Weihnachten!" Isabell folgte Onkel Haralds Worten wie in Trance. „Meine Anu ist krank. Seit heute Nacht ist die nur am Reihern. Hat das ganze Badezimmer vollgekotzt … ehrlich, du hättest mal unser Badezimmer sehen sollen …", redete sich Onkel Harald in Rage und Isabelle fuhr sich mit der freien Hand durchs Gesicht. Sie fühlte sich wie erschlagen.

„Heute Morgen ging´s dann auch noch auf der anderen Seite los. Als ob der flotte Otto nicht auch alleine schon schlimm genug wäre …", fuhr Onkel Harald unbeirrt fort. Isabell verzog angewidert das Gesicht und stöhnte leise.

„Dann saß die Anu mit dem Putzeimer auf dem Schoß auf der Schüssel. Mein lieber Herr Gesangsverein. Das waren Geräusche! Kannste dir sicher vorstellen …"

„Äh, ja", brachte Isabell heraus und versuchte das Gespräch endlich in eine andere Richtung zu lenken. „Dann findet Heiligabend wohl nicht statt?"

„Leider nein!", stimmte Onkel Harald zu. „Anu kommt bestimmt nicht dazu, alles vorzubereiten."

„Vor allem soll sie gesund werden!", entgegnete Isabell etwas fassungslos. Als ob es hier nur um die Vorbereitungen ging, vor denen sich Onkel Harald drückte.

„Genau, genau!", pflichtete er ihr bei. „Nun denn, Anu ruft mich. Schöne Weihnachten, Isabell", rief er und bevor Isabell antworten konnte, hatte er auch schon aufgelegt.

Einen Augenblick starrte sie auf ihr Handy und brauchte einen Moment, bis sie endlich verstand: Sie würde an Weihnachten also doch alleine sein.

23. Dezember

Jenny, Tim und Anni winkten erfreut, als Isabell sie endlich zwischen den vielen Menschen auf dem Weihnachtsmarkt entdeckte. In den letzten beiden Wochen hatte sie sich erfolgreich davor drücken können, doch am heutigen Besuch des Weihnachtsmarktes kam sie nicht vorbei. Dieser hatte nämlich eine genauso lange Tradition unter den Freunden wie der Nikolausabend.

Anni drückte sie fest an sich. „Geht's dir heute besser?", flüsterte sie Isabell ins Ohr.

Die nickte unmerklich. „Ja, es ist jetzt eben, wie es ist." In Wirklichkeit hatte es Isabell nach dem gestrigen Anruf endgültig die Weihnachtsstimmung verdorben, die sie in den Tagen davor mühsam ein kleines Stückchen aufgebaut hatte. Blöd eigentlich, denn im Grunde war sie ja sowieso nie scharf auf den Abend bei Onkel Harald und Anu gewesen. Aber der Besuch dort hätte wenigstens etwas beruhigend Normales gehabt.

„Tadaa, Ihr Zaubersaft!", scherzte Tim und hielt Isabell eine Tasse Glühwein entgegen.

„Dankeschön!" Lächelnd nahm sie ihm die dampfende Tasse ab und die Freunde hielten ihre gleichzeitig in die Höhe. „Auf Weihnachten!", rief Tim fröhlich.

„Ho, ho, ho!", antworteten die drei Frauen im Chor und endlich konnte auch Isabell wieder mitlachen.

Nachdem sie den Glühwein getrunken hatten, schlugen sich die Vier durch die Menge, um die weihnachtlichen Verkaufsständchen in Augenschein zu nehmen.

Zwischen geflochtenen Körben, Kerzen und Keramik blieb Isabell amüsiert stehen. „Schau mal, Anni. Diese Weihnachtstasse wäre genau die richtige für dich!", rief sie ihrer Freundin glucksend zu und zeigte auf eine Tasse, auf der der Weihnachtsmann von einer nackten, blonden Erscheinung weggezerrt wurde.

Doch Anni reagierte ungewohnt seltsam, beinahe ner- vös. Isabell folgte ihrem Blick und bemerkte noch, wie Anni die Situation erfasste und ihre Aufmerksamkeit kurzerhand in eine andere Blickrichtung lenken wollte.

Doch da war es schon zu spät. Isabell sah, was Anni schon kurz zuvor entdeckt hatte: Daniel. Mit der Zunge im Mund einer aufgebrezelten Endzwanzigerin. Eng umschlungen und überhaupt nicht so traurig, wie er es ihr hatte weismachen wollen.

Isabell blieb die Luft weg. Sie hörte um sich herum kein Wort mehr. Bemerkte nicht, wie Anni sie wegzuziehen versuchte, hörte nicht Jenny und Tim, die liebevoll und

124

tröstend auf sie einredeten. Sie stand einfach nur da und konnte nicht glauben, was sie sah, während Daniel keinen der Vier bemerkte und seine Hand über den Hintern seiner Auserwählten wandern ließ. Natürlich, SIE hatte sich von IHM getrennt. Aber nicht, weil sie keine Beziehung mit ihm wollte, sondern weil er sie verletzt hatte, so wie er sie jetzt erneut verletzte. Gleichzeitig spürte Isabell eine Wut in sich aufsteigen, die sie selbst dann nicht verspürt hatte, als sie vor fast vier Wochen das Foto von Daniel und der Fremden entdeckt hatte. Damals hatte er sie verarscht, jetzt hatte er sie sogar getreten, mit seinen Nachrichten und seinen erbärmlich verlogenen Blumen.

Endlich kam Isabell wieder zu sich. Sie schaute ihre drei Freunde an, die, gespannt und geschockt zugleich, auf eine Reaktion von ihr warteten.

„Seid mir nicht böse, aber ich möchte jetzt nach Hause gehen. Alleine", fügte Isabell leise hinzu. Sie spürte, dass sie die Tränen nicht mehr lange würde zurückhalten können. Das musste nicht auch noch vor ihren Freunden sein. Die nickten verständnisvoll und Jenny und Anni streichelten ihr gleichzeitig über den Rücken. Mit Tränen in den Augen kämpfte sich Isabell anschließend durch die Menschenmenge, schritt mit dem Blick auf dem Boden auf direktem Weg zur Straßenbahn. Doch plötzlich berührte sie jemand an der Schulter und beim Aufsehen schaute sie direkt in Sebastians Augen, der sie fröhlich anlächelte. Da bemerkte sie erst, dass sie wohl vor dem Blumenladen vorbeigekommen war, für den er arbeitete.

„Oh, oh!", machte dieser ernsthaft erschrocken, als sie ihm in die Augen sah. „Das sieht ja … oh weh … das wollte ich aber nicht …", stammelte er hilflos. „Was ist denn mit dir passiert?"

Isabell war so überfordert, dass einfach alles aus ihr herausprudelte, was ihr am meisten auf der Seele brannte. Dass sie ihren Freund beim Fremdküssen erwischt hatte, dass ihre Eltern nicht zu Besuch kommen würden, dass sie eine neue Wohnung hatte, die noch immer ein Stück weit fremd für sie war, dass sich Daniel die Blumen in den Allerwertesten stecken konnte, dass ihre Nachbarin sie beim Hausverwalter gemeldet hatte - ja sogar, dass Anu sprichwörtlich auf Weihnachten schiss und Isabell nun die Weihnachtstage alleine würde verbringen müssen.

Sebastian sagte kein Wort. Mit wachsamem Blick hörte er ihr zu und strich ganz zart über ihre Schulter.

Als alles heraus war, schlug sich Isabell die Hände vors Gesicht. Was hatte sie sich nur dabei gedacht, ausgerechnet Sebastian all diese privaten Dinge zu erzählen, noch dazu heulend wie ein Schlosshund? Verstört blickte sie zu Boden. „Sorry, ich muss jetzt weg!", murmelte sie, ohne ihn nochmals anzusehen, und rannte zur Straßenbahn.

24. Dezember

D ie Nacht hatte Isabell gutgetan. Sie hatte einige Zeit wachgelegen und gegrübelt. Aber irgendwann war sie eingeschlafen und wachte am Morgen mit der nötigen Portion Abstand von dem Erlebten auf. Es war kindisch, sich wegen eines Mannes, der es einfach nicht wert war, so das Leben schwerzumachen. Sie würde heute das Beste aus der Situation machen, sich selbst etwas kochen und einen gemütlichen Abend bei einem kitschigen Film verbringen.

Gleich am Morgen hatte sie bereits mit ihren Eltern telefoniert und schon das hatte sie aufgemuntert. Sie war eben doch nicht alleine, selbst wenn über Weihnachten niemand bei ihr sein würde. Gedankenverloren schaute Isabell den Schneeflocken zu, die ganz langsam auf den Boden ihres Balkons rieselten.

Das laute „Dröööt" ließ Isabell zusammenzucken.

Bitte nicht Daniel. Bitte nicht Johannes. Bitte nicht Herr Ludes oder Frau Schneidewind, wünschte sich

Isabell, als sie zur Tür ging. Doch als sie öffnete, war niemand da.

Isabell schaute im Treppenhaus in alle Richtungen, doch nichts. Da entdeckte sie auf dem Boden neben ihrer Tür ein kleines Blumengesteck aus einem weißen Weihnachtsstern und Tannenzapfen mit einem Brief. Aufgeregt nahm sie alles mit in ihre Wohnung und faltete den handgeschriebenen Brief auseinander.

„Liebe Isabell, du hast mich einmal gefragt, ob ich rund um die Uhr arbeite. Natürlich mache ich das nicht ;-). Aber ich arbeite immerhin an Weihnachten. Nicht darum, weil auch meine Familie einige hundert Kilometer weit weg wohnt und es zeitlich nicht klappt, sie zu sehen, auch nicht nur wegen des Geldes – wobei die Bezahlung an so einem Tag ziemlich gut ist ;-) –, sondern auch deshalb, weil es unbegreiflich schön ist, die Freude der Menschen zu sehen, die an Weihnachten von ihren Liebsten überrascht werden. Du warst gestern Abend so traurig. Und ich verstehe das. Darum lass uns heute gemeinsam die Überbringer der Freude sein und begleite mich einfach. Du wirst sehen, dass die Freude anderer auch dich glücklich macht. Ich hole dich in einer Stunde ab! Wenn du einverstanden bist, dann öffnest du mir die Tür, und wenn nicht, dann lässt du sie einfach zu, das ist deine Entscheidung! Sebastian"

Mit klopfendem Herzen las Isabell noch einmal den Brief. Dann sprang sie ins Bad und unter die Dusche, zog sich frische Klamotten an und starrte mit einer Mischung aus Freude und Angst wegen ihres gestrigen Auftretens nervös auf die Uhr.

Genau eine Stunde nach dem ersten Klingeln läutete es erneut und als sie ihre Wohnungstür mit zitternden Fingern öffnete, stand Sebastian bereits direkt davor und kam einen Schritt auf sie zu.

„Hey, Isa!", sagte er leise und schaute Isabell in die Augen. „Hey, Bastian!", antwortete sie zaghaft und erwiderte seinen Blick.

„Bist du bereit, den Zauber von Weihnachten zu spüren?"

„Das bin ich!", sagte Isabell glücklich und zog ihre Wohnungstür ins Schloss.

Ein paar persönliche Worte zum Schluss:

Die Geschichte um Isabell, Anni, Jenny und Tim ist recht schnell entstanden, als ich im August beschloss, dass ich unbedingt auch eine Weihnachtsgeschichte schreiben wollte. In kürzester Zeit sind mir die Freunde ans Herz gewachsen und am Ende war es beinahe etwas schade, dass sie nur für einen Kurzroman vorgesehen waren. Da die Zeit zum Schreiben ziemlich knapp war, dürfen besonders meine Freunde aufatmen, die ich dieses Mal (größtenteils) mit Entscheidungsschwierigkeiten verschont habe. Aber keine Sorge, beim nächsten Mal müsst ihr wieder mitleiden und dann gibt es auch die versprochenen Kekse zum Kaffee. Ein Dankeschön geht dennoch an Yvonne, die die ersten Seiten gelesen und mich ermutigt hat, die Geschichte weiterzuschreiben, auch wenn sie sich selbst den Rest lieber für die Weihnachtszeit aufheben wollte ;-). Danke auch an meine Freundin Andrea, die an diesem Buch zwar nicht direkt mitgewirkt hat, aber ihren Teil an Annis und Isabells Geschichte trägt. Danke, Andrea – dafür, dass wir seit 17 Jahren immer einen (meist schönen) Grund finden, miteinander anzustoßen. Auf dass es noch viele, viele mehr werden und uns nie die Anlässe ausgehen. Aber das kann ja dank unserer Philosophie sowieso nie passieren ;-). Außerdem möchte ich mich bei meiner Lektorin Bianca Peiler bedanken. Dafür, dass sie so viele gute Vorschläge eingebracht und mich beim Korrigieren zum Lachen gebracht hat.

Von „redundant" und „Füllwort" träume ich vermutlich noch die nächsten Monate. ;-). Dafür hast du meinen Text wirklich rund gemacht, dankeschön! Zu guter Letzt geht mein Dank an alle Leser, die mir nach meinem ersten Roman „Spaß kostet extra" so tolle Rückmeldungen gaben und mir zeigten, dass es sich lohnt, das zu machen, was ich sowieso nicht lassen kann: schreiben. Ich danke euch!

Über die Autorin

Nadine Lang wurde 1985 im Saarland geboren. Heute lebt sie mit direktem Blick auf das Saarland in Rheinland-Pfalz. Dort arbeitet sie als freie Journalistin, Fotografin und Autorin.

Facebook: Nadine Lang – Autorenseite

Instagram: nadinelangautorin

<u>Weitere Bücher der Autorin:</u>

Spaß kostet extra, Januar 2017,

erhältlich bei Amazon.de